Relatos desde el abismo

Diego Saavedra Agurto

ISBN-10:1-63065-064-1
ISBN-13: 978-1-63065-064-3

PUKIYARI EDITORES
www.pukiyari.com

*A Dios, por hacerme llegar
a donde estoy ahora.
A mi familia y amigos, por siempre haberme apoyado
con mis sueños.
A mi abuelita por haber sido una
excelente segunda madre.
A mi mascota, por haber sido una gran
compañera por 12 años.*

Índice

Prólogo

El abismo. El lugar donde todos los sueños e ilusiones van a morir. Siempre vivimos al filo del abismo, algunos más cerca que otros, pero todos al final experimentamos un poco de su oscuridad.

Hay muchas señales que te indican que estás muy cerca del abismo: depresión, estrés, desesperación, tristeza, amargura. Cuando empiezas a sentir eso, es mejor pedir ayuda.

Los personajes de las historias que estás a punto de leer están en sus abismos personales. Algunos lograrán salir y regresar a sus vidas normales, otros permanecerán allí para siempre, algunos incluso disfrutarán su estancia.

He querido poner como primera historia mi propia experiencia cerca del abismo, cuando murió mi abuela. Perder a un ser querido te pone más cerca del abismo de lo que puedas imaginar.

Si alguna vez te encuentras cerca al abismo, recurre a un amigo o familiar. La mejor forma de combatir el abismo es con ayuda. Si no tienes a nadie, puedes contactarme, siempre estaré allí para escucharte.

Sin más preámbulos, espero disfrutes las siguientes historias. Y no lo olvides, siempre hay esperanza.

1
Para Blanca

Cuando el tren del sentimiento te golpea, lo hace con dureza.

Te sientes seguro de que eres fuerte, resistente para pararlo, lo subestimas, incluso cuando ya lo oyes cerca, permaneces allí, calmado. Pero te engañas a ti mismo. El tren te aporreará de todas formas. Hoy, mañana, dentro de unos meses, dentro de unos años, no importa dónde estés. Tus esfuerzos de tratar de ser el hombre recio para que los demás lloren en ti durarán un momento, tú te unirás al llanto cuando el resto ya hayan olvidado todo.

Es irónico cómo las situaciones más felices de una persona te puedan hacer llorar tanto. Me vi a mí mismo de cinco años otra vez. Ella tan radiante como siempre, aun estando con el peso de la cama de hospital, sonriendo. Saludándome con alegría, ella, bailando con un vestido precioso. Mi mascota saltando con energía a su alrededor. Yo feliz, observando todo ese espectáculo. Todo lo malo quedó atrás. Me sentía estúpido por estar llorando como un niño en un lugar tan alegre, donde las penas no estaban por ningún lado.

Después de ese sueño, el tren me golpeó, me golpeó fuerte y seco. Me sentí pequeño otra vez, todavía con la necesidad de su cuidado. Cuánto lamento haber

sido una carga en ese tiempo, y aunque cumpla millones de años, y me haga viejo también, siempre sentiré
ese vacío, mi sed por sus cariños, su alegría constante,
su fortaleza para soportar tantas penas sin quebrarse.

Espero unirme algún día a ese baile, a esa felicidad. Lo haré, más adelante, cuando todos los trenes ya
hayan pasado.

2
Muerte fría

Iba dejando un rastro de sangre en la nieve. No lejos de mí, los cadáveres de al menos treinta soldados se encontraban manchando de rojo el blanco escenario.

Mi aliento caliente, a cada respiro iba haciéndose frío. El vapor se mezclaba con el blanco paisaje. Miré por un momento alrededor. Era un hermoso lugar para morir. Las montañas azules eran testigos de mis últimos momentos. Los fríos pinos escuchaban mi jadear cada vez más débil. La nieve recogía la sangre de mis heridas y enfriaba mis lágrimas, calmando poco a poco el dolor interno.

La constante tormenta estaba quemándome las manos. Estaba helado hasta los huesos. Por un momento, agradecí tener la herida en el pecho, dado que la sangre me calentaba, al menos por ese instante.

—Emily… —dije con un suspiro. Su nombre, su rostro, su calidez permanecían en mi cabeza todo el tiempo, desde el día en que vi su cuerpo inerte y frío en el suelo de nuestra cabaña.

Todos los días de invierno, cuando llegaba de cazar un jabalí o unas cuantas liebres para la cena, ella salía con sus brazos abiertos, me daba un beso largo y cálido, entibiándome las mejillas con su aliento y me limpiaba el sudor de la frente por la larga jornada.

Emily acostumbraba poner una *frigus tantum*, una rosa roja que crecía en los inviernos cerca a nuestros campos, en un florero los primeros días de invierno.

—Juntos un invierno más —decía.

Después de preparar la cena, nos sentábamos frente al fuego, contábamos historias y luego nos quedábamos en silencio. Emily acariciándome la cabeza mientras yo reposaba en su pecho.

Pero esos días se sentían tan lejanos. Dos días atrás regresé a casa, trayendo jabalí para cenar. Emily no me recibió. Dejé el jabalí a un lado y entré a buscarla. La cabaña había sido saqueada. Todo estaba roto, tirado, desordenado. Pero Emily no estaba allí. Fue entonces que miré por la ventana y vi una gran mancha roja sobre todo el blanco de la nieve, al otro lado de la cabaña. Mi corazón paró un momento y sentí que estaba en una pesadilla. Ya no era el mismo, mi cuerpo se movía como dirigido, corriendo hacia el cuerpo que se encontraba en aquella cama blanca de nieve. Emily yacía muerta, con sus hermosos ojos azules abiertos, con un gran corte en su delicada y suave garganta, su ropa rasgada con el pecho descubierto y sin su relicario dorado. Aquel relicario que le regalé tres inviernos atrás. La sentía incompleta sin él. El último detalle en ese atroz escenario fue una rosa roja cerca de su mano. La *frigus tantum*. «Juntos un invierno más». Sus palabras quedarían incrustadas en mi mente para toda mi vida.

En ese momento sentí que algo se rompió, algo muy dentro de mí dejó de existir o me abandonó en ese instante. Ya no me sentía el mismo. Era alguien incompleto, alguien sin esencia, un saco de carne y huesos.

Tomé su cabeza sin que me importase mancharme de sangre y recosté mi cabeza en su pecho, aún tibio, como siempre lo hacía.

Grité con todas las energías que pude hasta que mi garganta sangró. Golpeé el suelo hasta que mis nudillos se rompieron. Lloré hasta que mis ojos se secaron. Mi hermosa Emily yacía ahora reposando con los altos dioses del cielo, fuera de este invierno frío, acurrucada por el calor de sus ancestros.

Cerré sus ojos y la miré por un último momento. Mi Emily seguía viéndose hermosa, como un sueño.

Después de enterrarla y poner la cruz sobre su lecho, juré por mis ancestros, por los altos dioses, por Emily y por mí mismo, que destruiría a los responsables.

—Matarlos… matarlos a todos… —juré sobre el lecho de mi esposa, mientras ponía una rosa roja sobre su tumba.

Cogí el hacha de la cabaña, algunas provisiones y monté mi caballo. La travesía no fue fácil, pero mis instintos de cazador me ayudaron en el camino. Aceché su rastro siguiendo toda pista que pude encontrar. El frío se hacía más intenso con el madurar del invierno, haciendo casi imposible encontrar sus huellas, pero no me detuve.

Hubo peleas. Luché con todo adversario en mi camino. Luché, luché y luché, hasta por fin encontrar a su asesino. Habiendo destruido una aldea, el asesino dirigía a sus hombres hacia otro lugar que asaltar, llevando mujeres atadas para sus perversiones y otras atrocidades. Por la dirección oeste que tomaron, se dirigían al pequeño pueblo de Lontar.

El frío convierte a hombres como ellos en animales despreciables, pensé, *y como cualquier animal rebelde, deben ser sacrificados.*

Entre los árboles del bosque me escondí y después de unos días pude acercarme lo suficiente para verlos. Los bandidos cantaban y celebraban sus perversiones, arrastrando a las mujeres y bebiendo vino y aguardiente. Me causaba repulsión y asco ver aquel espectáculo.

Después de unos momentos, mis ojos se posaron en algo familiar. Algo brillante que sobresalía del bolsillo del asesino. El relicario, arrebatado del impecable y hermoso cuello de mi amada Emily. El último acto del asesino, eso era seguro.

De repente, todo se hizo claro para mí. Dejé de pensar, me empecé a mover, embargado por la furia y sed de venganza que me mantuvieron vivo y caliente todo el camino. Cogí mi espada y empecé a pelear con cada uno de los que me separaban del asesino.

El grupo se mostró sorprendido por mi asalto y algunos, de tan ebrios que estaban, empezaron a reír. Mi espada empezó a girar y chocar con las otras espadas desenvainadas. El hierro sonaba como un trueno con cada choque. La nieve empezó a mancharse de sangre y vino. Las mujeres gritaron y empezaron a ser degolladas también por los bandidos. Yo no escuchaba nada, mi respiración era lo único que podía escuchar entre todo ese tumulto. Mis ojos estaban fijos en el asesino, quien se veía atónito al ver que cada uno de sus acompañantes caía bajo el filo de mi espada.

Fue después de derramar tanta sangre, que me encontré con él cara a cara. Corrí a su encuentro y asesté mi primer golpe. El asesino supo esquivarlo. Era un excelente espadachín, debía admitirlo. Luchamos por horas, hasta que una vez más mi sed de venganza me ayudó a derribarlo. Teniéndolo a mi merced, puse mi espada desgastada, aunque todavía con filo, en su garganta, lista a cercenársela, pero el cobarde asesino empezó a rogar por su vida.

En ese momento vi entre la neblina de nieve, a lo lejos, a mi querida Emily. Me sonreía de forma dulce, como siempre lo hacía cuando la miraba a los ojos. No pude culminar mi venganza. Mis manos soltaron mi espada. El asesino me miró extrañado.

—No morirás por mi mano este día, porque mi amada Emily te ha perdonado.

Le quité el collar de su bolsillo y empecé a caminar, alejándome de todo ese baño de sangre.

Lo siguiente que pasó fue algo inesperado. Sentí un dolor muy fuerte en la espalda, el cual me derrumbó, y al mirar pude ver saliendo de mi pecho la punta de mi espada. El dolor fue indescriptible. Confiado, el asesino no observó que sacaba una daga de mi bota derecha. Teniendo la ira encendida una vez más en mi cuerpo, me volteé rápidamente y clavé mi daga en su cuello, atravesándolo por completo. El asesino dejó de sonreír y cayó en seco a la nieve, tiñéndola de rojo. Lo miré atragantarse con su propia sangre, tratando en vano de taparse la herida con sus manos.

—Púdrete en el infierno —le dije mientras escupía sobre su cuerpo. Tomé mi espada y se la clavé en el cráneo, para evitarle el sufrimiento en el viaje hacia el otro mundo—. Esto es más de lo que mereces —le dije mientras sacaba mi espada de su cabeza.

Eso ocurrió hace unas pocas horas. Desde ese momento seguí caminando de nuevo sin rumbo. Mis manos se quemaban en el frío y me sentía helado hasta los huesos. Mi sangre ya no estaba caliente, ahora estaba fría como la nieve. Me sentía mareado y cansado. Mis piernas se doblaron y caí en la fría cama de nieve.

—Emily… —articularon mis labios en mi postrer suspiro, mientras caía en el profundo sueño eterno.

Ese día soñé con Emily, como todos los días. Pero esta vez ya no la veía sufrir. Ahora ella me sonreía con dulzura y absoluta paz. Mi cabeza reposaba por fin en su pecho tibio. «Bienvenido a casa», me dijo en un susurro en el oído.

Después de ese sueño, supe que todo estaría bien.

3
Despedida tardía

—Lo siento mucho, Noah. No contestó el teléfono a pesar de que la llamé varias veces para saber cómo había amanecido, lo cual me extrañó mucho, y decidí visitarla en su casa para saber si estaba bien. La encontré así, como si estuviera durmiendo. Lo lamento mucho en verdad. Espero que puedas venir lo más pronto posible, a ella le hubiera gustado tenerte aquí para su funeral.

Mientras Fredo seguía hablando sobre las cosas que tendría que hacer y de lo que me tendría que encargar, poca atención prestaba a aquello dado que mi mente se concentraba en lo último que le dije a mi madre.

—¿Noah?

—Lo siento Fredo, hoy mismo viajo hacia allá —dije rápidamente.

—No me refería a eso, te pregunté cómo estás tomando esto —dijo Fredo con voz consoladora.

—Estaré bien, no te preocupes.

Yo sabía que no iba a estar bien, pero Fredo no necesitaba más carga emocional de la que ya tenía. Decidí no mencionar el incidente que tuvimos mamá y yo, no quería un sermón ni un consuelo. No ahora.

—Entonces prepararé una habitación. Buen viaje —se despidió Fredo.

El viaje al pueblo de mi madre tomaba unas tres horas en bus desde la ciudad de Sadlon. No me gustaban mucho los viajes en bus, prefería los aviones. Quizá esto se debía a que mi trabajo me exigía viajar a muchos lugares por negocios. Sadlon quedaba muy cerca de donde nací. Me quedé allí unas semanas, para dar unas clases a los alumnos de la Universidad Privada de Sadlon. Detestaba enseñar, pero le estaba haciendo un favor a un buen amigo.

Al entrar al bus decidí sentarme al fondo, así no tendría algún niño molesto pateando desde atrás o a alguien tamborileando sus dedos sobre mi asiento. Cuando el bus arrancó, recosté mi cabeza y me dediqué a observar el paisaje. Era relajante ver pasar los árboles corriendo a la velocidad del bus y las nubes tan blancas, haciendo un contraste y a la vez una combinación perfecta con el azul del cielo. Algunos baches en el camino me recordaron que me mareaba fácilmente por el movimiento del vehículo, así que tuve que abrir la ventanilla un poco para refrescarme y así olvidarme del mareo. Poco a poco, gracias al sol brillante que iluminaba el día afuera, el hermoso paisaje y el aire dándome con suavidad en el rostro, fui quedándome dormido.

***

—Me siento un poco mareado, mamá.

—Es normal en estos viajes largos. Te contaré un secreto. ¿Sabes por qué los perros siempre sacan su cabeza cuando viajan en un carro?

—No. ¿No es porque les divierte?

—Además de eso, lo hacen porque ellos también se marean en viajes largos. Así que cuando te sientas así, abre una ventana y saca un poco tu cabeza, respira profundo y te sentirás mejor.

—¿Puedo sacar mi lengua también?

Mamá me miró con una sonrisa y empezó a reírse.

—Si quieres, ¡pero terminarás con tu lengua en tu oreja! Jajajajajaja.

***

Llegamos a la pequeña estación del pueblo. Después de recoger mi maleta, salí de la estación y empecé a caminar hacia mi antigua casa.

Se respiraba un buen aire en ese lugar, incluso hasta daban ganas de recostarse en el pasto cercano y dormir un rato. Todo era rústico pero sin aislarse completamente del mundo. Toda parcela en ese lugar se mantenía casi igual a pesar de los años, aunque claro, con algunos detalles modernos de nuestra época. Mientras caminaba sentía cómo mis pies sabían ya adónde ir, a pesar de no haber pisado este pueblo por más de diez años. Aún recordaba cómo acostumbraba correr de la tienda a la casa, o al parque, para ir a jugar cuando era pequeño. También recordaba los paseos en carreta con mi padre y los ratos de diversión en las orillas del río que pasaba cerca de nuestra casa.

Pero ahora todo eso ya no importaba. No vine a pasar un buen momento, sino el peor de todos. Cuando surgió ese pensamiento, todo lo hermoso del lugar fue cubierto por un manto triste, parecido a la sensación de un día soleado que de pronto se ve cubierto por una nube gris, salvo que esta nube parecía sólo envolverme a mí.

Me acercaba con rapidez a mi casa. Seguí observando a mi alrededor, logrando que salten algunos recuerdos más, como los días de pintar las cercas, pasear a los caballos y las temporadas difíciles de lluvias. Me detuve un instante y cerré los ojos, pensando. Algunos recuerdos no eran tan alegres, como cuando las epidemias enfermaron a los animales, cuando Fredo se enfermó y la muerte de mi padre. Ahora se sumaba la muerte de mi madre a aquellos recuerdos que quisiera borrar de mi cabeza para siempre.

Al llegar, Fredo me recibió con un fuerte abrazo. Pude sentir lo que quería decir con esa muestra de afecto. Fredo fue muy bueno con nosotros todo este tiempo, por lo que no pude evitar devolverle el abrazo. Con la partida de mi padre, él se encargó de mi madre, dado que desde siempre fue un amigo cercano de la familia y muy amigo de mi padre. Al terminar el abrazo no encontré palabras para expresarme, siempre fui muy malo para estas situaciones, así que preferí callar, pero Fredo me entendió.

—He puesto a tu madre en su alcoba. A ella le hubiera gustado estar allí antes de ser enterrada... ¿estás de acuerdo?

—Hiciste bien, Fredo. Quisiera estar a solas con ella un momento, si no te molesta —dije con una voz que ni siquiera yo reconocía.

—Por supuesto. Ahora me encuentro preparando todo para esta noche. Avisé a todos sus amigos y parientes para que asistan a su velorio. Tendrás la privacidad que desees.

—Te lo agradezco mucho, Fredo. Con todo lo sucedido no he podido avisar a nadie. Todavía por momentos pienso que esto es un terrible sueño.

Fredo me observó con una mirada paternal y me dio una palmada en el hombro.

—Apuesto que ella en estos momentos aprecia mucho que hayas venido. A pesar de todos los problemas que hayan tenido, nunca es tarde para despedirse.

Fredo se retiró y siguió el sendero que lleva al pueblo. Me dirigí hacia la puerta y después de prepararme sicológicamente un momento, decidí entrar.

La sala se encontraba iluminada por la luz del sol que penetraba por la ventana del frente. Era tal y como la recordaba, con sus sillones rojos y el viejo televisor en el que veía caricaturas de pequeño. También se encontraba el comedor, rústico como siempre, donde probé tantas y variadas comidas, huevos revueltos con jamón, pavo al horno, todo tipo de estofados y pastas, y muchas tartas de manzana. Tal vez eran los recuerdos que me engañaban pero aun podía oler el aroma de mis platos favoritos y el dulce olor de las papas cocinándose para preparar el estofado de mamá que tanto me gustaba.

Decidí sentarme en una de las sillas un rato y mirar alrededor. Me sorprendí al ver que aún en la mesa se podían ver señas de mi nombre que escribí una vez con un cuchillo. No recordaba mucho por qué lo hice pero algo me hizo tocarme la cabeza, todavía podía sentir en mi memoria el coscorrón que me dio mi padre por aquella travesura.

Continué mi recorrido pasando por los corredores que guiaban a los cuartos.

Cuando vivía allí antes, casi no pasaba mucho tiempo en mi habitación, pero sentía que era el lugar más seguro de la casa para mí. Al entrar, pensé que lo encontraría todo empolvado, con telarañas, pero no, encontré todo exactamente como lo dejé. En la repisa, los soldados de juguete con los que pasaba horas y horas armando estrategias de combate, usando mi alfombra como campo de batalla y canicas como balas de cañón. También encontré mis cuentos, organizados en el librero, lo que me trajo recuerdos de mamá y papá leyéndome de pequeño y como casi nunca recordaba los finales porque siempre me quedaba dormido a la mitad del cuento.

El cuarto de mis padres era el último en el pasadizo. Tenía mucho miedo y dolor con sólo pensar en cómo encontraría a mi madre allí. Pero le debía el aprecio, estar con ella al menos un momento; le debía eso y mucho más después de lo que pasó.

Entré despacio, sin entender por qué, dado que la habitación estaba vacía y a nadie le importaría si hacía ruido o no. Me di cuenta que lo hacía por respeto a las memorias de quienes vivieron allí por largo tiempo.

Mamá se encontraba recostada en la cama. Estaba rodeada de tanta paz que parecía estar descansando después de un largo día.

Sentí en ese momento un gran nudo en la garganta. No podía ni siquiera tragar saliva. Me acerqué a ella y toqué su mano. Estaba muy fría a pesar del calor que hacía en ese lugar. Cogí una silla y me senté a su costado.

Las lágrimas empezaron a correr deslizándose por mi rostro hasta caer al suelo. Besé su mano y recosté mi cabeza sobre su regazo. Muchas memorias empezaron a cruzar de forma rápida por mi cabeza. Me quedé un largo rato sentado allí y empecé a quedarme dormido...

***

Esa noche llegué al hospital bañado en sudor debido al trayecto que hice corriendo para llegar. Recibí una llamada urgente diciéndome que mi padre sufrió un ataque al corazón. Sabía que yo también tendría uno si no iba a verlo.

Mamá estaba en la sala de espera, llorando de manera desconsolada junto a Fredo.

—¡¿Qué ocurrió?! ¿¡Dónde está papá?! —pregunté como un loco a Fredo.

—Él está adentro, lo están atendiendo... al parecer tuvo un ataque al corazón mientras cabalgaba por la parcela...

—¿¡Qué?! —dije mientras miraba la puerta que me señalaba Fredo. Me dirigí corriendo hacia ella.

—¡No! —dijo Fredo interponiéndose en mi camino—. ¡Están operándolo en este momento! ¡No puedes entrar!

—¡Suéltame Fredo! ¡Necesito verlo ahora!

Empezamos a forcejear hasta que un médico salió a nuestro encuentro.

—¿Familia Caine? —preguntó dirigiéndose hacia nosotros.

Logré soltarme de Fredo y me dirigí al doctor.

—Soy Noah Caine, ¿puedo ver a mi padre ahora? —dije rápidamente.

El doctor me miró y luego a mi madre. Lanzó un suspiro para prepararse a hablar. Mi corazón ya sabía lo que iba a decir.

—Lo siento mucho, pero el señor Caine llegó en muy malas condiciones. Por lo que me dijeron, estuvo cabalgando hacía unas horas. Al parecer tuvo un pequeño ataque al corazón lo que hizo que caiga del caballo, lo cual empeoró su situación. Cuando llegó aquí, su corazón ya estaba en sus últimos momentos. Hicimos lo posible para mantenerlo estable pero no pudo soportarlo. Créanme que lo siento mucho.

Mamá rompió en un llanto que nunca olvidaré, Fredo cayó sobre el asiento como si hubiera sido derrotado en una terrible batalla, mientras yo me quedaba de piedra mirando la puerta del hospital, sabiendo que detrás estaría el cuerpo sin vida de mi padre…

***

Mamá estaba sentada mirando al vacío, aún con lágrimas en los ojos.

Al igual que yo, ella había salido de la sala donde velaban a papá. No podía soportarlo.

—Mamá, quisiera escuchar de tus labios qué sucedió en verdad —dije mirándola.

Mamá suspiró y retiró su cara de sus manos para poder hablar.

—Tu padre estaba cansado de estar en casa todo el día. Como sabes, él estuvo delicado de salud y el doctor le explicó que debía cambiar su modo de vida a uno más tranquilo. Y así fue por un tiempo corto. Cuando él me dijo que quería cabalgar un rato yo me rehusé. Pero conociste a tu padre igual que yo, era muy terco y no le gustaba estarse quieto. Me insistió pero no lo dejé. Al final logró su cometido. Recibí una llamada de mi hermana diciéndome que necesitaba ayuda con unas cosas. Fui a la recámara de tu padre y lo encontré profundamente dormido, así que decidí ir con mi hermana un momento y regresar lo más pronto posible. Pero cuando volví a casa, encontré el caballo de tu padre paseando por la parcela, lo que me pareció muy raro dado que lo dejé amarrado. Me acerqué a recogerlo para volverlo a atar a su poste y fue entonces cuando encontré a tu padre tirado en el pasto… Luego ocurrió todo lo que presenciaste.

Mamá volvió a esconder su cara dentro de sus manos.

—¿Lo dejaste solo? ¿Sabías que él era muy terco con esas cosas y aun así lo dejaste solo? —dije molesto.

Mamá no respondió.

—¡No puedo creerlo! Tú sabías cuán delicado se encontraba y aun así te fuiste.

Mamá no me miraba, seguía contemplando fijamente sus zapatos.

—Debiste estar allí para cuidarlo. ¡Tú lo dejaste! ¡Es todo tu culpa! ¡Por tu descuido papá ahora no está con nosotros!

Salí de la habitación con mucha tristeza y odio. En ese momento no estaba pensando racionalmente, fueron los sentimientos los que hablaron. Si ella supiera ahora cuán culpable me siento, cuánto odio me tengo por actuar así en vez de haber estado unidos más que nunca en ese momento. Pero era demasiado tarde. Dejé a mi madre sentada allí sola. No la volví a ver desde entonces.

***

Me encontraba acostado en su regazo como siempre hacía cuando tenía pesadillas al dormir. Mamá me cantaba una canción tranquila para que me calmara. Siempre funcionaba.

Mamá levantó mi cara, secó mis lágrimas y me sonrió.

—Pequeño Noah, ya deja de llorar. Despertarás a tu padre.

—No puedo dormir mamá —dije entre sollozos.

Mamá quitó una pestaña de mi rostro.

—¡Mira! Tenías una pestaña suelta. ¿Sabes que puedes pedir un deseo con ellas?

—¡¿En serio?!

—¡Claro que sí! ¿Por qué no lo intentas? —dijo mamá sin dejar de sonreír.

La miré con atención... Los recuerdos empezaron a rebotar de nuevo en mi cabeza. Me vi a mí mismo, llorando y observando mi mano. Mi pestaña descansaba allí. Mi corazón habló por mí esta vez.

—Deseo… darte un último abrazo…

Mamá me sonrió con cariño y me abrazó con fuerza. Sentí que el tiempo se detenía. Podría jurar que ese abrazo duró siglos, hasta que mi madre me soltó, besó mi frente y me dijo:

—Ahora despierta y deja todas las culpas de lado…

***

Desperté sudando frío. ¿Fue real lo que viví?

Al ver mi mano, noté una pequeña pestaña. No pude evitar sonreír, con lágrimas en mis ojos.

—Gracias mamá.

El teléfono sonó.

—¿Noah? Soy Fredo. Disculpa por llamarte tan tarde. Escucha, tengo que decirte algo muy difícil y quiero que lo tomes con calma. Tu madre… no se encontraba muy bien… Lo siento mucho Noah…

4
Querida futura familia

Recostado en la cama del hospital, su hermana reposando a su lado, sentada en una silla pero con su cabeza apoyada sobre su cobertor, Pablo tomó una bocanada de aire y se puso a pensar en su último sueño. Fue un sueño muy extraño. Un pequeño sin rostro le pedía con insistencia que le cuente un cuento. Armándose de paciencia Pablo le preguntó acerca de qué tema quisiera que le contase. El niño respondió: «Cuéntame cómo se formó nuestra familia, papá». En ese momento despertó y se dio cuenta que ese pequeño era su hijo, pero en el mundo de los sueños. Volviendo a su realidad, viéndose postrado en una cama, con una enfermedad en fase terminal sobre los hombros y con unos escasos veintiocho años a cuestas, Pablo empezó a pensar en qué podría responderle a esa pequeña figura imaginaria sobre su familia.

Empezó a recordar unos años atrás, cuando era más joven, enamoradizo y siempre pensando en si su alma gemela sería la chica con la que se cruzaría en la calle o que conocería en la escuela.

Pero nada de eso sucedió.

Ya habían pasado unos diez años desde que su enfermedad empezó y ahora se encontraba postrado en una cama de hospital, con las esperanzas tan delgadas como una hebra de hilo por el diagnóstico que tenía. Los doctores no se mostraban muy optimistas y por ahora se ocupaban de reducir el dolor que sentía, haciendo su despedida un poco más placentera. En esos últimos momentos, la hermana menor de Pablo, Sofi, había sido un gran soporte, cuidándole como una madre y dándole ánimos como un padre. Pablo sabía que Sofi tenía una gran carga con él, algo que quizás nunca podría alcanzar a pagarle. Pablo acarició la cabeza de su hermana, que se encontraba profundamente dormida en otro mar de sueños distintos a los de Pablo, viendo que sus ojos estaban un poco húmedos, quizás por todo el sufrimiento reprimido en el despertar que en sueño desfogaba.

Pablo siguió pensando en el niño de su sueño. Se presentó como su hijo y le hizo una pregunta que él siempre se hizo cada vez que conocía a una persona especial.

Querida futura familia, empezó, como redactando una carta en su cabeza, *he soñado con ustedes muchas veces. Nosotros tres sentados en un pequeño jardín, con una casa blanca como las nubes, delante de un cielo azul hermoso y despejado, bañándonos de sol en nuestros rostros, riéndonos al ver como a lo lejos, en un lago, los perros juegan en el agua.*

Querido hijo y esposa, no puedo ver sus rostros claramente, pero haré un esfuerzo por tenerlos en mi mente de alguna forma, de manera que pueda llevarlos al viaje eterno que haré dentro de muy poco.

Mi hermosa esposa, la más delicada, dulce y amable persona que he conocido. Nunca sabré si realmente te conocí y te perdí, o si nunca tuve la oportunidad de conocerte. Pero tu esencia está conmigo. Nunca sabré si fuiste aquel amor que tuve en la época universitaria, aquella hermosa mujer de largos cabellos castaños, con hermosa sonrisa y bellos ojos, que me sonreía cada vez que me veía pero que por mi timidez nunca pude invitar a salir. O aquella mejor amiga de la escuela, tan buena y amable, que, por temor a romper nuestra amistad, nunca pude confesarle cuanto la quería. O quizás aquella chica rebelde con la que salí un tiempo, pero por temor al mundo en que me metía, la dejé con el corazón roto. Nunca lo sabré con seguridad, pero puedo asegurarte hijo mío, que tu madre hubiera sido la mejor, la más cariñosa, la más bondadosa, la más hermosa de todas las madres. Una mujer pura de corazón, capaz de endulzarnos con sus besos a los dos y hacernos sentir seguros. Una mujer con una melodiosa voz con la que nos arrullaría para que pudiéramos descansar tranquilos en sus faldas. Y tú, un pequeño enérgico, incansable y alegre, jugarías con los perros, jalándoles las colas y acariciando su pelaje. Correrías alegre cerca al lago, dando gritos de alegría, sudando en diversión.

Pero todo lo veo aún borroso, no puedo ver sus rostros ni nada que los identifique.

Muchas veces me pongo a pensar qué hice mal, qué decisiones tomé que no me dejaron estar con ustedes... quizás debí haber tenido la valentía necesaria para pedirle a mi futura esposa tomar un café o probablemente debería haber perdido esa maldita timidez que me hacía aislarme del mundo. Tantas cosas han pasado en mi vida, tantas decisiones malas que me han llevado a estar postrado en esta camilla, a ver a mi hermana menor sufrir por mi enfermedad y no ser capaz de agradecerle.

Por todo esto, nunca seré capaz de conocerte hijo mío. Quizás en otro plano, en otra dimensión, con otras decisiones y circunstancias, podría haberte conocido, y déjame decirte que te hubiera amado como a nada en el mundo.

Es hora de irme. Espero que pueda trascender y buscarte en la eternidad, y poder responderte la pregunta que me hiciste, cara a cara: ¿Cómo se formó nuestra familia? Se formó del amor futuro que te tenía a ti y a tu madre, mucho antes de haberlos conocido.

Esa noche lluviosa, Pablo dio su último suspiro, cogiendo la mano de su hermana para darse fuerzas, recostó su cabeza por última vez en la almohada, mientras el monitor de signos vitales emitía un último y largo lúgubre sonido.

***

Sofi llegó tarde el día del funeral. El Cementerio Flores Blancas, ubicado en las afueras de la ciudad de Nérida, era un bonito lugar para darle descanso a su hermano.

Al regresar a casa, se quitó las gafas de sol que le cubrían los ojos para esconder las lágrimas, aun cuando ya era de noche, se cambió de ropa y se echó a dormir. Deseaba que todo fuera un mal sueño y que durmiendo se despertaría con sus padres y su hermano. Por desgracia, ella se encontraba sola ahora.

Esa noche tuvo un sueño muy peculiar. Soñaba que se encontraba en una casa blanca y hermosa, destacando en todo el lugar y haciendo una bonita combinación con el azul del cielo y el pasto verde. Sus padres conversaban alegremente dentro de la casa y le pidieron que llame a su hermano a comer. Cuando Sofi salió de la casa, pudo ver a su hermano y su familia, jugando con los perros y riendo cerca del lago. Su hermano se veía muy contento abrazando y besando a su esposa e hijo. Una paz interior embargó a Sofi y se sintió tranquila. Toda su familia estaba reunida, sus padres y su hermano, y se les veía muy felices en el lugar donde estaban.

En su cama, aún con lágrimas en sus ojos, Sofi no pudo evitar sonreír en su sueño profundo.

5
El último mensaje

"Beep" sonó la máquina contestadora en aquel pequeño y solitario departamento, antes de dar el mensaje de bienvenida.

—¡Hola! Lucio hablando. En este momento no puedo contestarte, pero puedes dejarme un mensaje y apenas lo escuche te responderé. Gracias —dijo la grabadora.

"Beep Beep" sonó una vez más la máquina, lista para recibir el mensaje de la persona al otro lado de la línea.

—Lucio, soy Beatriz…—empezó el mensaje—. Escucha, lamento todo lo que pasó hoy en la universidad. Fue algo… terrible. No pensé que pasaría a mayores, la verdad. Sólo quería… no lo sé… creo que fue la presión del grupo, todos los chicos mirando, fue como un mecanismo de autodefensa. Pero ahora, con todo lo que vi, me siento muy mal y arrepentida. Tú has sido muy bueno desde que nos conocimos. Me ayudaste con todas las materias que sinceramente pensé que no pasaría, y siempre te mostraste muy atento y amable, con una sonrisa en el rostro cada vez que me veías. Todo ha sido mi culpa, yo fui la que te buscó por ayuda, la que se mostró como alguien que no soy, simplemente para obtener lo que necesitaba en esos momentos, yo… sólo yo. Seré sincera, todo lo hice porque mis padres me echarían de la casa si no lograba pasar las materias de este semestre y ninguno de mis llamados "amigos" me brindó una mano. Fue cuando escuché de ti. Eras el típico chico tímido, bueno, aplicado y de perfil bajo. En mi error, pensé que serías la persona perfecta. Siento haber actuado como lo hice. Siento haber despertado esa ilusión en ti que no compartíamos. Siento que... rayos... todo lo hice mal, todo lo que te dije e hice, con lo que sé ahora... me doy asco por todo. Lo lamento mucho de verdad, lamento haberte hecho todo lo que te hice. Nunca pensé que negarte pudiera llevar a tantas consecuencias. Que tú aparecieras allí, frente a todo mi grupo, y me dijeras para salir, fue algo... inesperado, algo extraño, algo para lo que no estaba preparada... y con todos mis amigos mirándome, ¿qué hubieran pensado de mí si aceptaba? Yo, salir con alguien como tú, alguien que no es del mismo nivel, que de seguro no somos compatibles... actué bajo presión y te desprecié... y lo lamento. Lamento eso, lamento... lamento que Benny y los demás luego se burlaran de ti y te golpearan... no sé ni cómo estarás ahora... traté de ubicarte, de llamarte, pero no obtuve respuesta y te comprendo. Espero puedas recibir este mensaje. ¿Y sabes qué es lo irónico de todo? Que empezaste a agradarme... ahora veo lo especial que eres y cuán ruin he actuado, que gran mal te he hecho y la forma asquerosa en la que te he tratado. Recién abro los ojos frente a esto. ¡Al diablo Benny y los demás! ¡Al diablo todo! Quiero hablar contigo, disculparme y comenzar otra vez. Quiero ser tu amiga, esta vez de verdad. Ya no me importa lo que los demás piensen. Sólo... respóndeme por favor...

"Beeeep", sonó de nuevo la máquina para indicar que el mensaje fue guardado.

***

Las pisadas de un pequeño perro se empezaron a escuchar en el departamento luego de que el mensaje terminó. El sonido de las palabras de Beatriz lo despertó.

El perro se paseó por la sala. En las noticias hablaban acerca de la muerte de un joven drogadicto en un callejón, pero el perro, sin poder entender al reportero, no le prestó atención. Quería llegar a la cocina para buscar su plato.

Lamentablemente, al llegar, su plato estaba vacío. Extrañado, decidió ir a ver a su amo a su habitación para avisarle que era la hora de su comida y que esa extraña máquina estaba emitiendo luces otra vez. Lo que vio al entrar lo dejó extrañado pero debido a su poca inteligencia no le tomó mucha importancia. Su amo colgaba del techo, así que decidió esperar a que bajara. *Otro de sus intentos de volar*, pensó. Luego de estar sentado esperando pacientemente, supuso que tomaría un poco más de tiempo, así que bostezó, dio unas dos vueltas en su mismo lugar y se acurrucó debajo de los pies de su amo. Sabía que cuando bajara, su dueño le silbaría como siempre lo hacía cuando le servía su comida. Lo que el pobre perro no sabía es que su amo nunca más bajaría…

6
El adiós infinito

No puedo explicar lo que sentí en ese momento. Ver a Rob bajar por la acera, alejándose más y más de mí en cada segundo, fue como si se estuviera llevando parte de mí en cada paso.

Hacía unos cinco minutos nos habíamos despedido pero sólo por un momento. Veíamos una película en su departamento, una del género de acción como le gustan a él, y quizás conversaríamos hasta largas horas de la noche, con una copa de vino en nuestras manos.

Rob iría por los bocadillos y el vino al supermercado más cercano. Le tomaría cerca de una o dos horas completar esta tarea y regresar a su departamento, al cual yo llegaría unos minutos después. Todo parecía lo más normal y común que uno podría experimentar en un día viernes de cualquier semana.

Pero su despedida… me hizo sentir muy triste por dentro.

No fue en la forma que lo hizo. Él siempre se despedía de mí con un beso en la mejilla y la frente, un pequeño roce de manos, un abrazo afectuoso, una sonrisa cálida.

Pero al soltarme de él, sentí que mi mundo se derrumbaba en segundos. Como si su contacto fuera la base principal de mi ser en esos momentos.

No entendí muy bien porqué esta sensación, por-qué me empezaron a lagrimear los ojos de repente, por-qué mi cuerpo se sentía cansado, sin energía, o porqué mis labios cambiaron su posición en ciento ochenta grados, de alegría a tristeza.

—¿Rob? —atiné a decir con voz un poco baja.

No estoy muy segura cómo, pero Rob me escuchó, a pesar de estar a unos cien metros.

Volteó su cabeza, sonrió otra vez y respondió:

—¿Sí?

No era consciente de lo importante que serían las palabras que diría en esos momentos. No tenía ni la más mínima idea de que lo siguiente que diría me persegui-ría en todo momento de mi vida hasta el día de hoy.

—Lo… lo siento, olvidé qué iba a decir. No te de-mores mucho.

Rob sonrió otra vez, giró su cuerpo para continuar su trayecto, y levantó su mano para indicar que me ha-bía escuchado.

Y allí me quedé, mirándolo desaparecer entre el mar de gente que cruzaba la acera, probablemente que-riendo regresar con rapidez a sus casas antes de que anocheciera.

Me quedé allí, sin expresión, todavía con los ojos llorosos, un nudo fuerte en la garganta, hasta que el cielo se tornó oscuro y las luces de las calles empeza-ban a encenderse.

Regresé a paso lento a mi departamento, dispuesta a cambiarme y reunirme con Rob en unos minutos. Él ya debería haber llegado de comprar las cosas, debería estar en su departamento, preparando las palomitas, arreglando las copas, poniendo la película en el reproductor, preparando la mesa y el sillón.

Pero Rob nunca pudo llegar a su departamento ese día. Rob Brown murió a las 8:30 p.m. Los reportes no fueron muy claros, pero al parecer fue alcanzado por una bala perdida en un tiroteo dentro del supermercado.

Yo no me enteraría hasta después de unas horas. Cuando llegué a su departamento nadie me abrió la puerta, nadie contestó su celular y me quedé en el pasillo, sentada, esperando.

Ya han pasado tres años desde aquel día, y aún recuerdo ese momento como si hubiera sido hace unas horas. Mi vida no ha ido muy bien desde entonces.

Siempre tengo este sueño, donde repito la misma escena. Rob sigue su camino, mientras yo estoy allí, parada, viéndolo irse, con tantos pensamientos en mi mente que no encuentran una salida, intentando decirle que se detenga y regrese conmigo, pero lo único que atinó a decir es…

—¿Rob?

Rob siempre se detiene. Voltea con su sonrisa de siempre, me mira fijamente a los ojos, como invitándome a decirle lo que necesito.

Quisiera decirle que no se vaya, que no me deje sola, que me lleve con él, que regrese conmigo o que simplemente se quede allí y que no se mueva. Pero mi boca no puede con toda la presión de mis pensamientos, mi voz no se escucha, se pierde en aquel momento y no logra articular palabras.

Me quedo allí, con Rob mirándome y yo a él, con lágrimas en los ojos, los dos en silencio, en un adiós infinito.

7
El fin de su historia

Él llegó cojeando al parque y se sentó en la primera banca que encontró. El lugar estaba desierto y el frío que hacía era típico de una noche de invierno. La nieve empezaba a acumularse en las calles.

El hombre respiró profundo y exhaló con fuerza, viendo cómo el aire que salía de su cuerpo se manifestaba como humo en la oscuridad. Su brazo sangraba y colgaba sin energía de su cuerpo. El dolor era insoportable, pero sabía cómo curarlo. Sacó una pequeña botella de *whisky* que llevaba bajo su saco y empezó a beber. El alcohol se deslizó con suavidad por su garganta, actuando como una perfecta anestesia.

Ahora se encontraba solo, con la botella a medio terminar, apestando a alcohol y con una cara de no haber dormido en semanas. Suspiró lenta y profundamente, o al menos, lo que sus desgastados pulmones le dejaron. El momento estaba cerca. Sabía que era el fin, pero no le importó mucho. No sabía si era el licor o indiferencia total, pero dejó de temer a la muerte en esos últimos y escasos segundos.

Encendió un cigarrillo y saboreó su humo. Por un instante sintió la mezcla de *whisky* con tabaco como si fuese el mejor sabor que hubiese probado en su vida. Dejó caer su cabeza y miró al cielo. Estaba de un tono azul oscuro, pero con tonos de naranja claro al este.

—Ya casi es el alba.

Miró a su alrededor y vio que las luces de algunos departamentos se iban prendiendo. Pensó en las personas que se levantan para salir a correr, en las madres que se levantan a preparar el desayuno para sus familias, en alguien con insomnio…

Volvió a tirar su cabeza hacia atrás y dejó que algunos copos de nieve le enfriaran la cara.

Si tan sólo supieran… pensó por un momento. *O quizás… es mejor así, vivir en ignorancia.*

Terminó el último trago de *whisky* y tiró la botella con rabia al suelo.

Fue en ese momento, mientras la botella se destruía en varios pedazos de vidrio, que alguien apareció de pronto a su lado. A pesar de estar ebrio, el hombre sabía bien quién era la sombra que estaba ahora a su costado. El hombre mostró una sonrisa triste, pensando en lo que eso significaba. Luego, volvió a mirar al cielo.

Vio la última estrella, que luchaba sin esperanzas en estar un momento más en el escenario llamado cielo, pero el sol era más fuerte, así que en unos minutos le diría que su *show* se terminó. Se rio para sus adentros frente a la ironía que eso significaba frente a la situación actual.

Dio el último sorbo de su cigarrillo.

—Llegas tarde —le dijo al recién llegado.

—¿En serio? Me parece el momento preciso —dijo la sombra, con un poco de preocupación en la voz—. Charlemos, ¿quieres?

—No pensé que ibas a venir tú en persona. Me siento halagado —dijo el hombre, encendiendo un nuevo cigarrillo.

—Las viejas costumbres tardan en morir, ¿eh?

El hombre sintió la mirada pesada de la sombra sobre él. Pensó que sería una sensación de culpa la que sentiría, pero la sensación que sintió fue neutral aunque muy pesada.

—¿Realmente importa en estos momentos? —dijo el hombre con completa indiferencia.

—Supongo que no —respondió la sombra—. ¿Has tenido el suficiente tiempo? —empezó a hablar otra vez la sombra—. No haremos esto hasta que te sientas listo. Es algo muy difí…

—¿Ves aquellos arbustos de allá? —interrumpió el hombre.

—Sí... y sé que es lo que quieres decirme —dijo apenada la sombra.

—Tan trágico final para un alma tan dulce e inocente… —dijo el hombre, aspirando una gran bocanada de su cigarrillo.

El hombre sintió el doloroso nudo en la garganta otra vez. Algunas veces se preguntaba si el dolor alguna vez se había ido o quizás él simplemente se acostumbró a esa sensación.

El cielo empezaba a tornarse a un morado que iba evolucionando a un tono rosado pálido con el pasar de los minutos.

—¿Por qué? —preguntó el hombre, después de un rato de silencio—. ¿Por qué tuvo que pasar todo esto?

—Es bastante complicado para explicarlo en simples palabras, en especial ahora…—dijo la sombra.

—Bueno, eso es estupendo… —dijo el hombre, acabando su cigarrillo y colocando otro en las comisuras de sus labios para encenderlo—. Ahora falta que me digas que ustedes obran de maneras misteriosas y todas esas estupideces…

Hubo un pequeño silencio.

—¿Por qué ella? ¿Por qué yo? —inquirió con un dejo de dolor el hombre—. De todas las personas del mundo que lo adoran, que lo aman, que se sacrificarían por él… y me escoge a mí, un borracho sin futuro, que lo culpa de todas sus penas… y la escoge a ella, quien era la única persona que me podría haber cambiado de parecer. ¿Por qué?

La sombra suspiró y empezó a mirar el cielo también.

—Es una interesante pregunta, envuelve todo en dos simples palabras. Y es quizás la pregunta más difícil de responder con palabras. ¿Por qué?

La sombra miró al hombre fijamente.

—De verdad quería que confiaras una vez más. Hay muchas cosas que no se pueden explicar en una conversación.

—La persona que más amo… a quien adoro… ya no está; y la persona que ella más amaba, permite la muerte y destrucción…

Lágrimas de odio se asomaban en los ojos del hombre.

—Aún no respondes mi pregunta —dijo el hombre, ahora mirando directamente en dirección a la sombra.

—Como dije, no es algo que se pueda expresar en palabras, por desgracia…

—No me vengas con eso —dijo el hombre, mirando a la sombra con asco—. Estoy empezando a pensar que con tantos rodeos quizás ni siquiera saben el por qué hacen las cosas. Sólo lo hacen por mera curiosidad o placer. Son unos malditos enfermos.

—Todo tiene una razón, pero estás tan envuelto en tu miseria y dolor que aunque pudiera explicártelo en palabras, sería en vano. Nunca me escucharías. Tú ya tomaste tu decisión y no hay marcha atrás.

Reinó el silencio una vez más entre los dos personajes.

—El perdón… es algo muy difícil en situaciones como éstas —dijo el hombre en voz alta, mirando a la nada.

—Lo es. Pero es un sufrimiento momentáneo. A la larga, uno siente mayor paz en su espíritu. La otra opción, el odio, significa sentirse bien en ese instante, pero miserable el resto de la vida.

—Debo admitir que sí se sintió bien.

—Pero ahora no tanto, ¿verdad?

El hombre se quedó en silencio.

—¿Lo harías otra vez? ¿Ahora que ya sabes todo lo que te espera?

—Lo haría una y otra vez —dijo el hombre sin titubear—. Pero debo admitir, que hubiera preferido traerla de vuelta.

—Hubiera sido algo bastante triste— dijo la sombra con pesar.

La sombra miró al hombre con mucha pena, era bastante duro ver a un hombre con odio en el corazón y la muerte en sus ojos. *Si sólo hubieras perdonado, mi buen amigo, estarías con ella en estos momentos*, pensó.

—Puedo… ¿puedo al menos pedir cinco minutos con ella? Antes de partir…

La sombra se quedó en silencio, meditando la pregunta. Después de lo que pareció una eternidad para el hombre, la sombra contestó el pedido.

—De acuerdo, cinco minutos.

—Gracias…—dijo el hombre con lágrimas en los ojos.

La sombra se levantó de la banca y caminó hasta la fuente del parque. Al sentarse allí, una luz apareció cerca de la banca donde estaba el hombre. Una pequeña niña apareció y el hombre se quebró completamente al verla. Ambos se abrazaron por todo el transcurso de los cinco minutos. La sombra decidió no escuchar la conversación de ambos para darles mayor privacidad.

Después de pasados los cinco minutos, la niña se desvaneció. El hombre se quedó arrodillado un momento, llorando. Luego de unos minutos, secó sus lágrimas, se sentó otra vez en la banca y prendió otro cigarrillo con sus manos temblorosas.

La sombra se acercó.

—Ya es hora.

—¿Podré ver las estrellas en el lugar a donde vamos? —preguntó el hombre.

—No —respondió la otra persona, con voz baja.

—Siempre me gustaron, ¿sabes? —dijo el hombre, curvando su boca en señal de molestia.

—Debemos irnos —dijo la voz después de un momento.

—¿Lo llegaré a ver? ¿Aunque sea por un momento? —preguntó el hombre con un tono de duda y esperanza en su voz, mirando hacia el concreto bajo sus pies.

—No lo creo. Lo siento —dijo la sombra, con voz aún más baja, pero que el hombre pudo oír a pesar de todo—. Tu último pedido fue algo contra las normas, no creo que pueda romper más después de eso.

—Lástima. Quería decirle algunas cuantas cosas.

—Estoy seguro que él ya las sabe.

Después de unos segundos, el hombre cayó en una especie de profundo sueño, el sueño eterno. Su cuerpo inerte se dejó llevar por la gravedad y quedó tirado en la banca por el resto del corto amanecer.

Al día siguiente lo encontró una mujer que pasaba por el parque trotando con su perro. Él sonreía y tenía un papel bajo el saco. Era una carta, al parecer de un médico, que explicaba que el pobre hombre padecía de una enfermedad terminal. Salió en las noticias de las seis de la tarde, como cualquier suceso poco interesante en la televisión; y luego de algunos días, todos se olvidaron de él.

8
La pesadilla del autor

Un hombre se encontraba en la sala del autor, apuntándole con una pistola.

Ambos, personaje y autor, se miraron por lo que pareció horas, sin saber qué hacer en aquella extraña situación. El autor decidió romper el silencio.

—Tú… eres…—empezó.

—Sí… soy Mateo. La persona que salvó a todas esas personas en un incendio tres capítulos atrás —respondió el personaje.

—Pero… ¿cómo has…? —continuó aún pasmado el autor.

—Creo que sabes la respuesta, pero todavía no la puedes ver porque en realidad estoy aquí gracias a ti —respondió serio el personaje. Sus ojos estaban clavados en los ojos del autor, mostrando preocupación, miedo y odio a la vez—. ¿Sabes por qué estoy aquí?

El autor dudó. Tenía un presentimiento acerca del porqué de la aparición de su personaje en su vida real. Era difícil de explicar, pero una parte de él quería hablar con su personaje, por lo menos un momento.

—Creo que sí —respondió suspirando el autor.

—¿Por qué? —preguntó con profundo sentir el personaje—. Eso es lo único que quiero saber, por qué.

El autor sabía a qué se refería. Dos capítulos atrás, escribió la muerte de la amada del personaje y justo ahora su lápiz reposaba en la última línea, donde el personaje estaba a punto de suicidarse debido a lo acontecido.

El autor no pudo responderle. ¿Cómo le diría a su creación más importante, que su vida era una miseria porque la vida de su autor también lo era? Era un pensamiento enfermo que se cruzó por su cabeza, al querer compartir el dolor con sus escritos, con la esperanza de quizás poder ir liberándose de su propio dolor. Nunca pensó que sus líneas tejerían la vida de alguien verdadero, hasta esa noche.

El personaje perdió la paciencia ante el silencio del autor. Tiró la mesa que los separaba a un lado y agarró la garganta del autor hasta estamparlo contra la pared, apuntándole con la pistola con una mano temblorosa.

El autor sentía dolor, mucho dolor, pero incluso así no se comparaba al dolor que sentía en el corazón.

—Éramos felices… —dijo el personaje con lágrimas en sus ojos—…éramos felices y tú lo echaste a perder… ¿por qué? ¿Por qué hacerme sufrir de esa manera? Yo soy tu más importante creación… ¿por qué me torturas de esta manera?

Todavía con el dolor creciendo, el autor miró a un lado. No podía mirar a los ojos del personaje por la culpa que le embargaba. Al ver al suelo, el autor vio la foto de Amelia, su difunta esposa.

Amelia… comenzó a pensar el autor. Él también se hacía esa pregunta todos los días. *¿Por qué…?*

El personaje notó la fotografía. Con una maniobra rápida, soltó al autor, tiró la pistola al suelo, y corrió a abrazar la fotografía, llorando.

—Gabriela... —dijo el personaje en silencio—. Lo siento mucho...

El autor pudo observar aquella imagen con atención. Era él mismo, Tomás, el escritor, lamentándose hacía unos días de la muerte por cáncer terminal de su esposa. Deseaba haberse ocupado más de ella, cumplirle hasta su último deseo, pero el autor sólo la vio partir en sus brazos, en un hospital.

El personaje pasó por lo mismo. Al salvar a las personas del supermercado del incendio generado por una banda de criminales locales, como una revancha debido a que el personaje encarceló a su líder, aprovecharon su distracción y mataron a sangre fría a su esposa de una bala al corazón.

El personaje lloraba con mucha amargura, mientras abrazaba la fotografía. El autor estaba allí, parado, sin saber qué hacer.

Por un momento sus ojos se desviaron al libro que tenía aún en la mesa. Quizás fue su confusión, quizás fue su tristeza o quizás fue porque se estaba volviendo loco, pero recién en ese preciso momento, notó que sus escritos no acababan en el momento antes del suicidio del personaje, sino que continuaban mucho más.

Se acercó con rapidez al libro y volteó las páginas. Vio con sorpresa que su historia había tomado un giro bastante extraño, donde el personaje bajaba la pistola con la que iba a suicidarse, salía de su departamento y se dirigía hacia al suyo. La última línea verdadera era la que acontecía en ese instante.

"El autor se llevó una gran sorpresa al leer que todo lo que pensaba nunca haber escrito, estaba en su libro. Todo aquel escenario había sido armado por él y únicamente por él. Muy dentro de él sabía que su subconsciente era el responsable. Miró con asco sus manos y pensó en la tremenda maldición que tenía en las puntas de sus dedos. Lo siguiente que ocurrió fue…"

Las líneas acababan allí.

El autor no pudo evitar sentirse enfermo del estómago.

Miró sus manos, como el escrito decía, y se puso a pensar en cuán peligrosa era la maldición que tenía entre manos.

—Soy Dios… —susurró.

Sabía cómo seguía la historia, y en su mente entendía las razones de por qué la historia tenía que continuar así.

Como decía el escrito, él en sí no era el responsable de escribir el libro, pero sí su subconsciente. Quizás era una forma enfermiza de castigarse por la muerte de su esposa, aun sabiendo muy bien que no fue su culpa.

El autor sabía qué tenía que hacer.

El personaje seguía abrazando la fotografía llorando, sin tomar importancia de lo que le ocurría al autor. Por un momento el autor pensó que su creación tomaba esa acción como una pausa y esperaba instrucciones a qué debería hacer ahora.

El autor tomó su lápiz y continuó escribiendo más líneas. Por unos quince minutos escribió y escribió hasta que puso el último punto. El punto final. El fin de la historia.

En unos segundos el personaje despertó de su aletargamiento, cogió la pistola del suelo y disparó a quemarropa al autor, tres veces en el pecho.

El autor sintió los tres disparos y se desplomó en la mesa. Su último pensamiento fue que quizás él también formaba parte de una enfermiza historia de un autor, donde él sólo cumplía su papel.

En su última inhalación de aire, sus ojos se apagaron.

En la sala del departamento, la pistola cayó sobre la alfombra.

El personaje se desvaneció en el aire.

9
Tristeza y felicidad abrazadas

—¡Me voy a casar! —dijo con mucha felicidad emanando de su sonrisa.

Esas cuatro palabras definieron un antes y un después en mi vida.

¿Nunca han estado en una situación dónde deberían sentirse felices pero en realidad sienten todo lo contrario?

Debería estar feliz, debería estarlo, y quizás sí lo estaba, pero en mi interior me ganaba el sentimiento de tristeza, odio a mí mismo, depresión.

Justo cuando por fin estaba definiendo mejor mis sentimientos por ella. Quizás fue el tiempo de conocerla, quizás fue su carisma, quizás fue su forma de ser, quizás su físico, o quizás una combinación de todo, no lo sé, pero siempre había sentido algo especial por ella.

Podía recordar cualquier momento relacionado a ella, como cuando estaba triste porque no pudo ir a la fiesta de sexto año porque se rompió su pierna patinando, o como cuando nos quedamos mirando las estrellas en el techo de la facultad en una amanecida universitaria de aquellas, o como cuando salíamos a comer pizza todos los viernes porque no conseguíamos ninguna cita para la noche. Todo sobre ella estaba plasmado en mi mente en todo momento.

Debería estar feliz por ella, realmente debería estarlo. Como buen amigo, quiero lo mejor para ella... pero una parte de mí gritaba: *¿Y por qué no conmigo?*

Yo bien sabía por qué. Podrían ser varias posibles razones. Quizás debí haberla invitado a salir hacía mucho tiempo, quizás debí haber sido más honesto sobre mis sentimientos, quizás debí haberme ejercitado y obtenido el cuerpo que ella tanto deseaba o quizás era algo tan simple como que ella no me veía como el hombre con quien quisiera pasar el resto de su vida.

Sentí que algo se rompió en ese momento. Lo único que me sostenía en esos instantes era el amor que le tenía y la vergüenza de no querer que me vea en ese estado.

—¿Estás bien?

Ella me miró un poco sorprendida, quizás porque mi mirada estaba como en el limbo de mis pensamientos por mucho tiempo.

—Lo siento cariño, ¡me alegro mucho por ti! ¡Es estupendo! —dije mientras me escondía detrás de una sonrisa. Ella era especial para mí, no podía dejar que mi egoísmo me ganase ahora.

La abracé como amigo y ella sonrió radiante, gustosa de que las cosas volvían a pasar como deberían. No pude evitar soltar unas pocas lágrimas que por suerte pasaron desapercibidas como lágrimas de alegría.

Ella me abrazó con toda su fuerza y empezó a hablar con emoción de su próxima nueva etapa y de cuán alegre se sentía que todo esto le estuviera pasando. Se veía tan feliz, tanto que incluso su abrazo me contagió un poco de su alegría.

Desafortunadamente esa pequeña alegría no pudo opacar mi tristeza. Mientras para ella todo esto parecía darle la bienvenida a una hermosa nueva etapa llena de alegría y amor… para mí, ese último abrazo se sintió como una despedida.

10
Sonrisa en la oscuridad

Nunca nadie podrá entender cómo me sentí en ese momento.

Todos tenemos el derecho a explotar, y con mayor razón, cuando significa proteger a los que más queremos.

Todos me miraron con asco, desprecio, pena.

No me importaba en lo más absoluto.

Vivir casi diez años en un infierno te hace inmune a todo lo que puedan pensar de ti los demás.

Simplemente no sientes nada.

Al comienzo sufres demasiado, luego el tormento va bajando, hasta que se convierte en una aceptación.

Lo aceptas, pero no lo olvidas. Tu ira, rencor y resentimiento son las únicas cosas que te hacen despertar en la mañana.

Y por supuesto, ella también.

Mi pequeña Abby, ella no merecía todo esto.

Yo quizás sí, quién sabe. Pero ella no.

El Coco, así le llamaba mi hermana, y no le faltaban razones.

El Coco esperaba el momento para empezar con ella. Yo ya le parecería mercancía usada.

Cuánto le imploré y rogué al Coco para que no lo haga.

Pero él nunca escuchó.

Aún siento el sabor a sangre de mis mejillas de cada golpe que recibí por cada ruego que le hice.

Ella valía cada ruego, cada gota de sangre en mis labios.

Sabía que necesitaría algo más que ruegos para evitar lo que se venía.

Nadie puede decir que no fui una persona razonable.

Una tarde en la que el Coco dormía, apestando al néctar demoniaco, salí a escondidas a buscar ayuda con Abby.

Uno diría que la encontraría fácil, pero no fue así.

Fuimos al primer lugar que se me ocurrió. La comisaría.

A pesar de ser un día muy lluvioso, llegamos. Muy mojadas pero llegamos.

Debimos haber llamado mucho la atención porque todos nos quedaron mirando.

Una chica demacrada y delgada con un vestido blanco sucio y mojado y una pequeña niña también con su vestido celeste sucio y las botas embarradas.

Quizás llamó la atención lo que vestíamos en una estación tan fría, o quizás nuestro aspecto. Pero no importaba.

Pedí hablar con alguien que nos pudiera ayudar.

Al comienzo fue agradable. Nos sentaron en unos sillones, nos dieron cocoa caliente y unas toallas y colchas para secarnos y abrigarnos.

Tomaron nuestros testimonios y nos ofrecieron un lugar para quedarnos mientras solucionaban todo eso.

Por un momento me pregunté por qué nunca hice algo así antes. Por qué nunca pedí ayuda. Me sentía tan tonta.

Abracé a mi hermana y esperamos.

¿Recuerdan que dije que al comienzo fue agradable?

Bueno, no lo fue después. Llamaron al Coco y estuvieron hablando con él por horas en la comisaría.

Cuando el Coco pasó por mi lado, me dio una mirada asesina. Fue algo tan fuerte que sentí el mismo miedo que sentí la primera vez que lo conocí.

Hasta ahora no puedo entender lo que pasó, sinceramente no puedo entenderlo.

A pesar de haber ido a presentar la denuncia de abuso a menores, hasta que los agentes encargados vieran pruebas concretas del abuso tendríamos que regresar con él por lo menos hasta el día siguiente.

¿Si les dije que me dio una mirada asesina? No saldría viva de aquello. No llegaríamos al día siguiente. Todo esto me pareció una tontería gigante.

Un policía se ofreció a llevarnos a los tres a casa.

Al salir de la comisaría, el Coco agarró mi brazo, de modo que por fuera se veía como un padre que lleva a su hija… pero la realidad es que me estaba apretando demasiado, haciendo que mi brazo se pusiera morado.

La ira, el odio, el resentimiento, todos mis sentimientos se mezclaron en uno solo en ese momento.

Sabía que si entraba a ese auto y regresaba a casa, es más que seguro que moriría y que Abby pasaría por mi martirio.

Abby apretó mi mano, asustada. *No te preocupes pequeña*, pensé, *no dejaré que esto te pase a ti.*

Es curioso cómo la mente actúa tan rápido algunas veces. Quizás fue la desesperación, el odio o la mezcla, como mencioné antes, pero mi cuerpo se movió por sí solo, como si ya hubiera ensayado lo que pasaría.

El policía estaba muy cerca de mí, tan cerca que pude tomar su arma.

—Abby: tápate los oídos y cierra los ojos.

Lo siguiente que pasó fue tan liberador para mí que por momentos me asusta.

Le disparé al Coco, disparé y disparé y disparé hasta que las balas se acabaron.

Fue algo tan veloz que la reacción del policía de sacarme el arma de las manos sólo funcionó cuando todas las balas ya estaban regadas por el suelo.

El Coco cayó como un saco de papas al suelo. Su estúpida sonrisa cambió a una sensación de sorpresa y dolor.

Su pecho y estómago sangraban, formando un gran charco en el suelo, tan grande que manchó nuestras botas.

Abby estaba con las manos en las orejas, con los ojos cerrados. Rogué que no entendiese bien lo que ocurría, sería mejor caer en la ignorancia.

Ver al Coco sufriendo, tratando de tomar su último bocado de aire con mucho dolor, me dio una absoluta paz.

Lo que ocurrió después lo recuerdo como un remolino de imágenes.

Gritos, llantos, un juicio, cámaras, luces, la sentencia final y el confinamiento.

A pesar de ser una adolescente, me sentenciaron como mayor por estar cerca de los 18 años y por el crimen tan fuerte que había ocurrido frente a todos.

Sabía que Abby estaría bien después de todo esto. Estaría un poco confundida, asustada y triste, pero su futuro se perfilaba mucho mejor que lo que antes podría haber sido.

La llevarían a un orfanato, uno de esos lugares asquerosos donde tienen a los niños como soldados, encerrados en literas, pero al menos estaría a salvo.

La mañana que se fue, me despedí de ella con un beso en la frente.

—Sé fuerte hermana, por las dos.

Ella asintió con lágrimas en los ojos y se subió al auto que la llevaría a su nueva vida.

Yo, mientras tanto, estaba en la celda temporal hasta al día siguiente, cuando me trasladarían a la prisión.

La psicóloga de mi caso me explicó algunas cosas; cómo sería la vida en prisión y que ella estaría allí para lo que yo necesitase y toda esa hipocresía barata. No le presté mucha atención. Estaba ya en lo más profundo de la mierda, de nada servía tener un mapa.

Aunque cueste creerlo, me sentía muy bien, bastante bien. Me sentía libre por fin, con una paz interior inmensa. No sentía remordimiento ni culpa, era tal mi felicidad que me asustaba.

A veces soñaba que lo hacía de nuevo, una y otra y otra vez, siempre viendo al Coco sufrir en sus últimos segundos, borrándole esa sonrisa asquerosa a balazos.

Debería haber parecido una loca en prisión, riéndome entre sueños.

Riéndome y sonriendo en toda esa oscuridad.

11
Hoy hubiera sido un buen día

Me levanté a las 11 a.m., como siempre lo hacía. La luz del sol se veía un poco opaca por la niebla, pero al menos se veía su silueta por mi ventana. Me moví al baño para cepillarme los dientes, pero sólo vi el cepillo de mi madre. Busqué un momento en el piso por si mi cepillo se había caído de casualidad, pero no lo encontré. *No tengo mal aliento después de todo*, pensé. Mojé un poco mi cabello para intentar peinarlo, sin éxito alguno.

Me eché agua en la cara. El agua estaba bastante fría lo que me hizo despertar por completo. Una imagen no muy buena de mí se veía en el reflejo. Regresé a mi habitación y me puse el *jean* que tenía tirado al costado de mi clóset. Me puse mi chompa con capucha azul encima de mi polo. La chompa era un regalo de mi madre. Sam entró en la habitación moviendo la cola. «Hola vieja amiga», le dije mientras acariciaba su cabeza un momento. Sam con las justas caminaba en la casa. La perra ya estaba en sus años viejos, pero seguía siendo una compañera fiel y preocupada con todos en la casa, en especial conmigo.

Me puse mis zapatillas viejas y bajé al comedor con Sam. Mi madre ya estaba ahí, con un cigarrillo y un café en su mesa. Mamá acostumbraba poner el desayuno en la mesa, pero ya teníamos semanas que no lo hacía. Se veía tan encerrada en sus pensamientos que ignoró mi común «Hola ma» que siempre le decía como buenos días y el intento fallido de Sam de lograr que la acaricie. Busqué en el refrigerador algo de leche y vacié un poco de cereal en un bolo. La leche no se veía muy bien pero con el cereal no se notó el mal sabor.

«Me voy, tengo clases. Vuelvo en la noche», le dije a mi madre pero volvió a ignorar mis palabras. Cuando me iba, escuché un pequeño llanto. No me sorprendía, ya hacía varias semanas que pasaba lo mismo.

Al salir de mi casa con Sam, sentí el terrible frío de las calles. Incluso bien abrigado la sensación de congelarte era terrible pero ya estaba acostumbrado. Desde hacía semanas que las bajas temperaturas eran constantes; no importaba lo que te pusieras encima, el clima gélido te azotaba.

Sam siempre me acompañaba hasta donde me dirigía, veía que había llegado bien y regresaba a casa sola. Era una perra muy lista.

Empecé a caminar unas cuadras al este, pasando por las avenidas Progreso y LaMarté. Todo en mi ciudad se veía igual, el viejo Martínez discutiendo con su señora sobre cómo debería la alcaldesa mejorar las veredas para que la gente mayor no se cayera. Me parecía irónico dado que, por su edad, ellos ya ni siquiera dejaban su casa, sólo salían a su pórtico para discutir o simplemente sentarse en silencio. En el cruce de la calle 18 y la avenida Unión, Kike ayudaba a bajar las cajas del camión para la pequeña bodega que tenía allí. Todo era asqueroso, caro y no podía hacerles competencia a los grandes centros comerciales, pero Kike era muy optimista. Después de todo, él había logrado sobrevivir todos estos años, quizás porque la gente compraba allí más por lástima que por otra cosa.

Seguí avanzando por la avenida Unión, distinguiendo a la gente pasar a mi costado. Se podían ver distintos rostros y vestimentas. Recuerdo que Úrsula y yo jugábamos a inventar historias de todas las personas que veíamos pasar. «El ejecutivo que se folla a su secretaria, tiene un hijo alcohólico y una esposa ejemplar que llora por las noches, sospechando de su esposo», decía siempre Úrsula, mientras yo reía. «El gordo que juega todo el día juegos de video y vive en el sótano de su casa con su madre cocinándole panqueques de desayuno y hamburguesas de cena». Ese era mi favorito.

Las historias falsas y burlas continuaban un buen rato. «¡Mira a ese tipo!», decía Úrsula señalando a un tipo nervioso que miraba a todos lados y se rascaba la cabeza constantemente. «Apuesto que se ha fumado algo muy bueno», contestaba yo, mirándolo aspirar con fuerza por la nariz. «Estoy segura que no es de lo que nos metemos», decía Úrsula riendo. «Cuidado hermano, puede que acabemos así después de unas dosis más». Qué buenos recuerdos, cuando aún éramos tontos y despreocupados de la tontería en la que nos estábamos embarcando.

En las calles se veía de todo, y eso era lo que me encantaba. Se podían ver madres de familia con coches de niños, algunos borrachos cantando de la buena vida pasada ("todo pasado fue mejor"), algún carterista, el hipócrita señor Jenkins que pedía limosna cerca al banco, aun teniendo una buena casa e hijos profesionales. Nunca le solté una moneda en mi vida y siempre me decía una sarta de lisuras cada vez que pasaba, pero desde hacía unas semanas que ya no me insultaba.

La universidad quedaba ya a unas calles, pero ese no era mi destino. Volteé en un callejón cercano y me senté un rato en la entrada de una carnicería. En unos minutos aparecería el Mono con mi pedido.

Al costado de donde me encontraba, vi un pequeño charco de agua sucia que quizás venía de la carnicería. Un joven de piel pálida como la leche, con unos ojos aburridos y pelo despeinado, me devolvía la mirada. *Parezco un pandillero*, pensé, y no podía tener más razón. Sam se sentó a mi lado y se quedó mirando la pared del frente un momento, luego me miró y empezó a mover la cola otra vez. «Vaya dueño que tienes Sam», le dije mientras le acariciaba la cabeza.

Suspiré lentamente y me levanté. Vi mi reloj. El Mono se estaba retrasando, pero no me sorprendía. Luego de decir esto, el Mono apareció acompañado de un muchacho que no tendría más de dieciséis abriles. Los quedé mirando pero ellos no se percataron o simplemente no les importó.

—¿Lo tienes? —preguntó el muchacho, un poco nervioso y mirando a todos lados.

—Claro que sí, idiota, ¿tienes el dinero? —El mono se veía apurado y también un poco nervioso.

—Aquí está, cincuenta —dijo el muchacho mientras sacaba un rollo de billetes.

—Aquí está, este es del bueno —dijo el Mono mientras le entregaba un pequeño paquete al chico.

—*Hey,* idiota, espera —le dijo el Mono, agarrando al muchacho antes de que se fuera—. Recuerda: nunca me viste. Si sueltas la lengua, te la cortaré, ¿me entiendes?

—Sí… sí, no diré nada —dijo el muchacho y salió corriendo.

Sam ladró al Mono y empezó a gruñir, o por lo menos parecían gruñidos los que venían de ese viejo hocico.

—¿Tú otra vez maldito perro? —dijo el Mono mirando con cólera a Sam—. ¡Si te vuelvo a ver aquí, te callaré el hocico con una bala! —El Mono hizo un ademán de querer sacar algo de su *jean*, al parecer una pistola, pero Sam no se inmutó, ni yo tampoco. Sam al parecer conocía bien el dicho de "perro que ladra, no muerde". Al ver nuestra indiferencia, el Mono ni siquiera nos apuntó o hizo el gesto de disparar.

Después de unos minutos y de constantes miradas a los lados, el Mono salió del callejón como si nada hubiera pasado.

No tenía que ser un genio para entender lo ocurrido. El Mono hizo lo mismo conmigo hacía ya unos meses. Esa era justamente la razón por la que estaba allí, pero ya hacía unas semanas que el Mono me ignoraba, nunca llegaba a tiempo. ¿Quizás pensaba que lo delaté? En serio que me importaba un pito.

Salí del callejón y me dirigí al hospital abandonado, a unas cuadras del centro. El lugar estaba desatendido desde hacía años. Algunos decían que se desató una peste demasiado fuerte para lograr curar a todos los pacientes; otros, que estalló una bomba unos años atrás. La verdad que me importaba poco. Lo único bueno era que el lugar era ideal para esconderse, fumar hierba sin que nadie te fastidie o servía como un buen lugar para apartarte un poco de la bullosa ciudad.

Cuando llegué, salté la cerca y pasé el arco donde antes se encontraba la puerta principal. Empecé a caminar por los pasillos. Era normal que el lugar estuviera lleno de drogadictos o asaltantes escondiéndose de los patrulleros que pasaban a toda velocidad de rato en rato cerca al lugar. También era lugar de reuniones de algunos mafiosos o asesinos *wannabes*.

Nadie decía nada, mientras tú no dijeras nada. Aprendí eso casi desde el principio. Caminé entre esa muchedumbre pecadora, sin que se percataran de mi presencia. Sam caminaba como si conociera el camino muy bien. Subí las escaleras al segundo piso y me metí en la habitación con el letrero empolvado y gastado que decía "205".

Dentro de la habitación encontré una camilla con un colchón viejo, y ahí me recosté un rato y miré el cochino y desgastado techo. Sam se sentó en el suelo a mi costado.

—¿Qué crees que estaría haciendo ahora, Sam? De no ser por lo que el maldito Mono me hizo. Maldito hijo de perra…. Sin ofender claro —le dije a Sam.

Sam levantó las orejas y me miró un momento. Luego bajó el hocico y siguió esperando.

Ya eran unas cuantas semanas desde que fui al callejón como todas las mañanas. Yo ya era un completo adicto al "azúcar", así acostumbraban llamarle a la droga. Úrsula fue la que me metió en todo eso. La odié mucho cuando me di cuenta hasta donde había llegado, pero el odio ya no estaba. *¿Para qué?* me preguntaba. *Es muy probable que aparezca muerta bajo un puente en los próximos días… maldita zorra adicta.*

Mi padre llevaba muerto algunos meses. *Maldito viejo, si me vieras ahora, pensarías que soy una nena.* Cuando llegué aquí, empecé a vagar por todos lados, con la esperanza de encontrar a alguien que me explicara lo que me pasaba. Era una sombra más de mi antigua vida. Era invisible para todos, un poco más de lo que ya era, después de haber entrado al asqueroso mundo de las drogas.

—¡Los hombres no lloran! —siempre me decía el viejo—. Tu madre necesita un hombre, no una niña.

Y vaya que tenía razón el viejo. Postrado en una cama, esas fueron sus últimas palabras para mí, mientras yo me iba en lágrimas como un niño estúpido. Mamá no se la estaba pasando bien tampoco, pero sabía ocultar su tristeza.

Desde que falleció el viejo, nada fue lo mismo conmigo. Dejé de estudiar ingeniería en la universidad estatal porque ya no sentía algo que me movía. Antes, quería saber todo sobre mecánica para ayudar al viejo en su pequeño taller de autos, poder sacarlo a flote y darles una mejor vida a los viejos. Pero ahora que él ya no estaba, sentía que las clases eran una prisión. Decidí mandar todo al diablo y alejarme de todo eso. Fue en uno de esos momentos de estupidez que conocí a Úrsula y al Mono… y todo fue cuesta abajo. *Hijos de puta…*

Qué no hizo mi madre para seguir pagando los estudios de la universidad. Cada vez que pienso en eso, me doy asco. Tuvo que pasar de ser una tranquila ama de casa a tener casi tres empleos en un día. Lamentablemente nunca eran fijos. Siempre que llegaba, iba directo a la cama, pero nunca sin dejar de chequearme en mi habitación. Cuando salí de la universidad, empecé a aparentar que aún iba. Nunca le dije nada a mamá que ya no asistía a la universidad porque me interesaba un pepino. Usaba el dinero de su pago para las drogas. Cada vez que recordaba eso, me sentía sucio, asqueroso, alguien rastrero y traidor. No podía odiarme más a mí mismo como ahora.

Si mi madre me viera ahora, pensé hace unos días. Y por desdicha nunca lo hizo. Quizás de haber sabido cómo era mi vida, me hubiera dado un grito, una cachetada, algo para sacarme de ese *lapsus* estúpido en el que estaba. Aunque muchas veces pensaba que ella ya lo sabía, pero estaba tan devastada por la muerte del viejo, que ya no tenía fuerzas de ponerme en el camino correcto.

Es por eso que ha estado tan ausente. Los primeros días de estar en ese limbo, me sentí como la peor basura, me arrodillé suplicándole perdón por verla en aquel estado, sin salir de casa, sólo tomando café y fumando cigarrillos, sentada en la mesa de la cocina. Pero con el pasar de los días, después de seguir viéndola ahí y sintiéndome impotente de ayudarla, creo que mi alma empezó a resquebrajarse más y más, hasta el punto actual en que ya no siento nada.

Sé que estoy muerto, en realidad lo supe desde lo que pasó en ese callejón. Llegué desesperado donde el Mono a pedirle más del "azúcar". Estaba hecho un asco, con la nariz irritada, los ojos rojos, las manos temblorosas y con los ojos un poco llorosos. Todo comenzó con una discusión fuerte con mi madre. Ella no había conseguido todo el dinero para, lo que ella aún creía, el pago semestral de la universidad. Yo la regañé diciéndole todo hipócrita que necesitaba el dinero urgente, sabiendo que la universidad daba plazos máximos de una semana más. Mi madre conocía esto, por lo que empezó a preguntar por qué lo necesitaba con tanta urgencia. No supe qué responderle y sólo atiné a decir de forma estúpida que ella no se preocupaba lo suficiente por mi educación, que el viejo lo hubiera hecho mejor si hubiera estado con nosotros. Mamá se quedó callada y se sentó a la mesa… aquella mesa de la que no se ha movido desde entonces.

Eso abrió mis ojos un momento, de aquel humo de inconsciencia, fantasía falsa y malas compañías. Quería salir, quería dejar todo lo acontecido atrás. Pero el vicio era demasiado fuerte. Necesitaba más. Fui corriendo al callejón a esperar al Mono hasta que llegó.

—Necesito más —le dije, un poco nervioso.

— Claro, mi hermano —dijo el Mono de forma hipócrita—. Pero antes de eso, necesito el pago de la última vez.

Esperaba que dijera eso.

— No… no pude conseguir lo acordado —dije en voz baja.

—¿Cómo? —dijo el Mono, dejando de lado sus buenas maneras de hacía un momento—. ¿Cómo que no tienes para pagarme?

—¡Lo haré! ¡Dame una semana más! ¡Por favor! ¡Te lo pagaré con intereses, pero necesito más! —le dije, o al menos esas palabras salieron de mi boca en ese momento. Sentía que era la adicción la que hablaba, no yo.

—Ya te he perdonado una semana, maldito adicto. Págame o tendremos un problema…

Fue en ese momento que el Mono sacó una pequeña arma de la parte de atrás de sus *jeans*.

—¿DÓNDE ESTÁ MI DINERO, HIJO DE PERRA? —empezó a decir el Mono, moviendo nerviosamente el arma, apuntándome al pecho. Cuando pienso en la apariencia del Mono en ese momento, podría asegurar que él era también un adicto, o quizás tenía problemas, porque actuaba más desesperado de lo usual.

—¡YA TE DIJE QUE NO LO TENGO! —empecé a gritarle. Tenía un temor horrible a las armas. Empecé a temblar—. Escucha Mono, escucha —dije un poco más calmado—. Baja el arma… te prometo que iré a mi casa y te daré el dinero… por favor… no cometas una estupidez. —Se podía sentir el miedo en mi voz. Miedo y cobardía.

—¡QUIERO EL DINERO AHORA! —dijo el Mono aún más molesto.

En ese momento se escuchó una voz a lo lejos:

—¿QUIEREN CERRAR LA BOCA, MALDITOS PANDILLEROS?

Era muy probable que haya sido un vecino, o alguien de los edificios contiguos al callejón, pero ello distrajo al Mono y, sin pensar, me abalancé sobre él. Caímos al suelo. Fue en ese instante que supe que no tenía ninguna oportunidad contra el Mono, con su metro ochenta y brazos más fuertes que los míos, me hizo recapacitar qué demonios se me cruzó por la cabeza en los momentos que pensé que tratar de quitarle el arma era buena idea.

Luego de unos minutos de pelea, se oyó un disparo en el aire y luego otro, el que resultó fatal. Me encontraba mirando arriba, al cielo, desde el piso del callejón, viendo a unas palomas volando asustadas por los sonidos de los disparos. Mi mano tapaba un pequeño agujero en mi estómago. Sentí la sangre saliendo de esa herida. Mi sangre. Estaba tibia y un poco espesa. Tosí un poco de sangre y me quedé allí. El dolor era demasiado, pero mi cuerpo no me respondía como para revolcarme del dolor.

—Eres un idiota… —dijo el Mono mientras empezó a correr saliendo del callejón.

Escuché sirenas después de un rato. Estuve allí como por una eternidad, advirtiendo lo hermoso que era el cielo en la ciudad de Purtory. Me arrepentí en ese momento de nunca antes haber levantado la cabeza para verlo.

Lo que pasó después lo vi como en tercera persona. Fui llevado por una ambulancia al Hospital Nueva Esperanza, a unas cuadras del centro. Llegué al cuarto 205 y empecé a ser tratado sin mucho éxito. No recuerdo mucho los detalles de lo que pasó en el hospital, pero recuerdo a mi madre llorando en el pasillo, con Sam a su costado, recuerdo también a la enfermera que me tapó el rostro, luego de que apuntaron el tiempo de deceso y, por último, lo incómodo que se sentía el colchón donde estaba. Es gracioso lo que la mente recuerda.

Eso sucedió hace unas semanas. Desde entonces siempre despertaba en mi habitación, como si fuese un día usual, salía a las calles cada vez más frías, con el cielo nublado y con una niebla muy consistente. Pasaba por el callejón, y luego al hospital donde fallecí, y en el camino veía a todos los desafortunados que también murieron en ese lugar. Algunos aún no lo sabían o quizás también estaban atrapados en la misma rutina que yo.

Fueron tristes y difíciles días los primeros, pero ahora no sentía nada. Quizás la razón de eso era que mi alma estaba hecha pedazos.

Todos los días no dejo de pensar en todo lo que hubiera pasado de no haber sido tan tonto. Qué hubiera pasado si hubiera sido más un hombre, como el viejo siempre me decía, y me sobreponía a su muerte, continuaba mis estudios, me graduaba, conseguía un buen empleo, levantaba el taller de autos del viejo y le daba una vida más digna a mi madre. *¡Diablos…! ¡Quizás hasta me casaba con una buena mujer!,* siempre pensaba.

Pero todo eso estaba muy atrás ahora. Quizás este era mi infierno, un lugar donde sólo podía lamentarme de no haber tomado el camino correcto, de sentir un peso de culpa mucho más grande de lo que podía cargar... por el resto de la eternidad.

Suspiré un gran momento en el colchón donde estaba. Miré nuevamente el techo del hospital. Miré mi reloj. Estaba detenido en las diez de la mañana desde hacía mucho tiempo. *Hoy podría estar en la universidad, atendiendo esas estúpidas clases de motores,* pensé. *Llegaría a casa a la una de la tarde y mamá me recibiría con un buen almuerzo.* Miré hacia abajo donde estaba Sam. «Tú hubieras recibido también tu parte, Sam», le dije. «Y moverías tu cola feliz, como siempre lo hacías cuando alguien llegaba a casa».

Me sentí con mucho sueño y un gran nudo en la garganta. *De no haber sido un tonto, de no haber cometido tantas tonterías... quizás... quizás,* me dije cerrando mis ojos. *Quizás hoy hubiera sido un buen día...*

***

Ya habían pasado varias semanas desde que aquella vieja golden retriever llegaba al cuarto 205 del hospital. Los pacientes de esa habitación no se quejaban por verla, dado que la vieja perra no molestaba a nadie. Se acostaba cerca de una camilla y dormía profundamente, hasta que eran más o menos las seis de la tarde, cuando se levantaba y se iba.

Miré mi reloj. Eran las seis en punto. La perra se levantó de su sueño y empezó a salir de la habitación. Todo el personal ya estaba acostumbrado a verla, pero nadie sabía de quién era. Algunos le daban comida o le acariciaban. Ese día decidí seguirla después de acabar mi turno en la enfermería.

Me puse mi chompa celeste que estaba colgada en el armario y salí del hospital. Hacía bastante frío mientras anochecía en la ciudad de Purtory. Localicé a la perrita sin problemas. La pobre caminaba despacio por su vejez, pero sin detenerse Empezamos a alejarnos varias cuadras del lugar, bajando por la avenida Oeste. La perrita paró un momento frente a un callejón largo entre dos edificios. Miró un momento dentro y luego siguió caminando. Avanzó un poco más y luego volteó en la calle 18 y siguió, pasando la avenida Unión.

Luego de unas cuadras más, se detuvo un momento y se volteó. Al parecer se dio cuenta de que la estaba siguiendo. Por un momento me asusté, pensando que quizás me iba a atacar o algo. Pero la perrita simplemente me miró y se sentó, moviendo la cola. Sintiendo un poco más de confianza, me acerqué a darle una pequeña caricia. Al parecer me reconocía del hospital. Mientras la acariciaba, pude ver su collar, donde tenía una pequeña placa circular dorada donde se leía "Sam".

—Hola Sam —le dije, y la perrita movió más rápido la cola—. Yo soy Lorena, mucho gusto.

Luego de unos minutos de estar recibiendo caricias, Sam se levantó y continuó su camino.

Decidí seguirla un momento más para saber a dónde se dirigía. Después de avanzar unas cuadras más, vi que se metió por la entrada de perros en una pequeña casa de color melón.

Me acerqué un poco y vi la dirección al costado de la puerta. "Casa 2561" leí en voz alta. En ese instante recordé algo. *Ya he visto esta dirección en algún lado...* pensé.

Y luego lo supe. Esa era la dirección del muchacho que hacía unas semanas falleció en el hospital donde trabajo. Fue muy penoso ver a aquel chico morir de esa forma. Podía recordar su rostro demacrado y débil. Yo fui la encargada de cubrirle la cara una vez que dictaron su fallecimiento.

Las luces de la casa estaban apagadas. Al parecer la casa estaba sola.

Sentí una ráfaga gélida que me heló los huesos. Crucé mis brazos para calentarme de aquel frío repentino. Era inusual algo así en plena primavera.

Suspiré un momento, di una última mirada a la casa y empecé el rumbo hacia la mía. No sé por qué, pero en ese momento, sentí una gran pena. Una lágrima se deslizó por mis mejillas.

12
Falso paraíso

Lo que voy a contar es algo bastante jalado de los pelos. Me encuentro aquí, temblando dentro de mi armario, con el estómago revuelto y mis manos apretando mi cabeza tan fuerte que creo me va a explotar. Todo esto en un jodido y puto viernes 24 de julio. ¿Por qué tiemblo? No, no es por una resaca, ya quisiera. Estoy como preso de un manicomio porque he vivido el mismo maldito día por... tres... cuatro.... Diablos... ¡ni siquiera recuerdo cuánto tiempo llevo viviendo este puto día!

¿Cómo lo sé? Bueno, veamos:

A las ocho y treinta, el jodido despertador sonará. (Me arrepiento de haberle puesto esa alarma del demonio en la que tengo que resolver acertijos matemáticos para apagar el condenado sonido).

A las ocho y cuarenta, se oirán gritos de la calle donde Amelia (la conocí en la décima repetición) le reclama a Roger si está viéndose con otra mujer a sus espaldas. (Roger sin duda lo está haciendo, y lo hace con Gabriela, su compañera de trabajo. Bien por Roger, Gabriela tiene un mejor trasero que Amelia y encima mejor humor).

A las ocho y cuarenta y cinco, Joel Marcus dirá hoy en el noticiero matutino que lloverá. (Maldito Joel, no llueve ni un carajo hoy, mentiroso de mierda).

A las nueve y media llegará Rosa al departamento y abrirá la puerta con su llave. Me verá semidesnudo en mi cama, pálido y en posición fetal, como un enfermo. Gritará del susto, dirá unas estúpidas cosas incomprensibles en español y me dirá que no me esperaba encontrar tan tarde en la cama. «¿Se siente mal señor? ¿Quiere sopa caliente?». (No Rosa, no quiero la jodida sopa. Gracias).

A las diez de la mañana pasarán el último chisme de los más brutos pero físicamente atractivos personajes de la farándula volviendo a reconciliarse después de que el tipo le rompió la pierna a la mujer en la última pelea. (¡Paren las rotativas! ¡Esto es noticia de último momento!).

Y así seguirá el día, como siempre lo ha hecho en los últimos no sé cuántos días.

Empezaré a contar esta historia desde el día original, realmente no me queda más que hacer al estar solo en este armario. Además, quizás sea de ayuda realizar una retrospectiva de todo lo que pasó y contárselo a alguien… aunque ese alguien seas tú y ni siquiera existas.

En fin, viernes 24 de julio. Lo recuerdo como si fuera ayer, aunque en realidad es hoy, y también lo fue ayer, y anteayer y dos días antes y así y así...

Como dije, a las 8:30 de la mañana es la hora que suena mi alarma, así que esa es la hora en la que me levanto. Ese viernes no fue distinto. El día anterior hice mi usual *tour* al bar más cercano, me tomé unas copas y regresé a dormir. Para mi gran sorpresa, me levanté sin ninguna resaca ni cansancio de ningún tipo.

Entré a la ducha y procedí a bañarme. Luego de unos cuarenta minutos, ya estaba en mi auto, el viejo y confiable Ford blanco.

A pesar de ser hora punta, el tráfico estaba bastante despejado. *Mi día de suerte, supongo*, pensé. Sí, claro, mucha suerte tuve, ¿no lo creen?

Trabajaba como subgerente en el departamento de finanzas de Silverman Zachs, uno de los grupos de inversión más grandes del país y el que tenía el edificio más grande en la ciudad de Parise. Sí, dije "Parise", no "París". No sé quién fue el idiota que inventó un nombre tan poco creativo, casi una copia barata de la famosa ciudad europea. No soy mucho de historia, así que no podría decírtelo.

Trabajar en este tipo de empresas tenía sus ventajas como respeto, estatus, mujeres, dinero, y mucho más. Me encantaba todo lo que involucraba.

El día fue de lo más normal. Algunas bromas de Jeremy con Lucio y Víctor sobre lo buenas que estaban las nuevas chicas practicantes de la firma. Sí, creo que debo aclarar algo antes de seguir, si es que aún no lo sabes, soy una persona muy superficial. Es algo malo, lo sé, pero tuve que convertirme en alguien así para llegar hasta donde estoy. Con decirte que para subir escalones, cuando fui practicante tuve que acostarme con Miranda Joice, nuestra gerente de finanzas hace unos diez años. Estoy seguro que Jeremy, Lucio y Víctor, además de algunos más, lo hicieron también. Este era un mundo donde no podían crecer los buenos. Todos terminaban corrompidos o se salían antes de que fuera tarde.

Claro que trabajaba, no llegué hasta aquí sólo por ser bueno en la cama, pero muchas de las cosas que hacía las delegaba a otras personas, como los practicantes. También estaban las típicas reuniones aburridas, conversaciones en cafetería, todo lo que puedas imaginar de la vida en oficina.

—¡Saluden a su nuevo jefe de tesorería, perras!

Todos volteamos a ver quién daba aquel gran anuncio. Víctor Jones, el maldito hijo de perra obtuvo lo que quería. Todos lo felicitamos con una palmada en el hombro y un abrazo. Miranda se veía muy complacida por toda la felicidad de Víctor. *Tengo que preguntarle qué le hizo*, pensé.

—¡Todos hoy a mi departamento! ¡Esto tenemos que celebrarlo!

¿Fiesta un viernes por la noche? Yo ya estaba dentro antes de que pudiera terminar de hacer la invitación.

Todos estuvimos presentes puntuales en el departamento de Víctor, incluso las practicantes (Jeremy y Lucio probablemente tuvieron algo que ver).

Como en toda buena fiesta, la comida no podía faltar, el alcohol mucho menos, se tenía clásicos como vinos de buenos años, coñac, *whisky*, ron, tequila, y más, y por último, buena música (electrónica progresiva, un poco de *pop* y *rock* alternativo).

El departamento de Víctor tenía una hermosa terraza con una preciosa vista de la nocturna ciudad de Parise. Siendo verano, venía bien tener una ventilación natural como aquella. Parise era una ciudad hermosa en la noche, las luces de los rascacielos bailaban en la infinita pista de baile del cielo. O me estaba volviendo una especie de poeta o los tragos estaban haciendo efecto.

Jeremy, Lucio, Fiorella, Miranda, Isabella y los demás del departamento de finanzas estaban allí. Luego de unas horas de beber y comer, algunos yacían dormidos en los sillones, otros besuqueándose en las esquinas y otros riéndose como idiotas. Había muchas personas que no conocía, algo que realmente no me importaba, salvo por una chica pelirroja que llamó mi atención.

Lo admito, fue amor a primera vista, o una de esas ridiculeces que salen en televisión. Era una chica de rasgos claros, cabello rojizo (el cual me enloquecía, debo confesarlo), mejillas sonrosadas y una destellante sonrisa. La "mercancía" era suficiente por delante y por detrás. Un cuerpo exquisito que se cubría bajo un vestido rojo fuerte que combinaba muy bien con su rojo cabello y labial (oh Dios, me siento tan gay por pensar eso).

¿Creyeron que me iba a quedar a admirarla toda la noche sin hacer nada? Esta no es esa clase de historia. Por supuesto que le hablé.

Su nombre era Alejandra Kramer y tenía treinta años (según mi fuente, Jeremy Miles). Era carismática para hablar, sacudiendo su cabello rojizo cada cierto tiempo. Era muy lista también y no acababa ninguna oración sin sonreír. Su aroma y el aura que despedía eran hipnotizantes. Algunos otros invitados también se le habían acercado, pero… por favor… no se comparaban conmigo.

—Hola nena… ¿te he visto por algún lado antes? Tu cara se me hace familiar —empecé. Fui a lo seguro, esa línea siempre funcionaba… bueno eso creí hasta toparme con Alejandra.

—¿En serio vas a empezar con una línea de coqueteo tan barata? —dijo Alejandra riéndose—. ¿Alguna vez te ha funcionado?

—Claro que sí. Te sorprenderías cuántas chicas ya se estaban desvistiendo apenas terminaba de decir esa oración.

—Las prostitutas no cuentan… señor… diablos, tengo miedo de preguntar…

—Leonardo Jensen. Leo para los amigos.

—Alejandra Kramer —dijo mientras estrechábamos manos—. Creo que lo dejaremos en Leonardo.

—Auch —dije mientras hacía un pequeño ademán de falso dolor en el pecho—. De acuerdo, Alejandra, dime, ¿estudias o trabajas? ¿Quizás las dos o quizás ninguna?

—Soy parte del equipo de gestión de operaciones del grupo de inversión Sears, ¿y tú?

—Estoy en el departamento de finanzas de tu compañía enemiga…

—Nooo… —dijo Alejandra mostrando un falso asombro—. Pues entonces con mayor razón te clavaré un cuchillo en la espalda apenas te descuides.

—Jajajaja… *hey*, espera, ¿ya tenías planeado hacerlo? ¿Tan malo soy?

—Digamos que se me cruzó el pensamiento —dijo Alejandra con una malévola sonrisa.

—¿Y cómo conoces a Víctor? ¿O vienes acompañando a alguien? —Rápidamente empecé a echar miradas a todos los demás perdedores que estaban en ese piso. No encontré ninguno digno de ella.

—Si la respuesta es sí, ¿dejarás de continuar con esta triste excusa de coqueteo? —dijo Alejandra sonriendo.

Quizás era el alcohol, quizás era mi lujuria que iba corriendo por todo mi cuerpo o quizás lo estaba imaginando, pero Alejandra parecía disfrutar esto, como que cada pregunta era un desafío para seguir en su juego.

—Claro que no, aquí entre nos, no veo ninguna competencia digna —dije con mi mejor esfuerzo de aparentar ser el macho alfa.

—Oh, por favor, jajaja. —Alejandra rio por un momento, tapándose la boca para evitar una carcajada más fuerte—. Incluso si eso fuera cierto, creo que conmigo tienes más que una competencia digna. No soy del tipo que usted acostumbra cortejar, señor Jensen.

—De acuerdo, hagamos algo. ¿Por qué no charlamos un poco y luego serás la jueza de si valgo la pena o no como para continuar nuestra conversación, digamos, en otro lado?

—Trato hecho —dijo Alejandra sonriendo.

Me gustaba eso de Alejandra. No era como las chicas con las que me había topado antes (sí, sí, algunas de ellas eran prostitutas). Ella me suponía un desafío. No era una chica tonta y se notaba que sabía lo que quería. Por momentos sentía que yo estaba dentro de su juego y no ella dentro del mío.

Charlamos de muchas cosas, como sus vacaciones, un poco de su familia y sus planes futuros. Fue una conversación interesante y enriquecedora.

Alejandra, una chica muy lista, consiguió todos sus títulos y vivió sus experiencias con el sudor de su frente. Yo respetaba mucho eso.

Alejandra era un reto para mí, alguien con quien me volvía débil, inseguro, insignificante. Pero aun así me sentía demasiado atraído por ella.

—Bueno, quién diría que usted sería una persona tan interesante, señor Jensen —dijo Alejandra terminando su copa de vino—. Espero no arrepentirme de lo que acabo de decir.

—Todas las chicas dicen eso cuando me conocen, mi querida Alejandra.

—Y creo que acabo de arrepentirme de haberlo dicho… jajaja.

—En cuanto a nuestro acuerdo, ¿pasé la prueba? ¿Te gustaría conversar en un lugar más tranquilo?

La fiesta de por sí ya estaba muerta. Víctor estaba encerrado con una de sus invitadas en su habitación (sí, se oían sonidos extraños… ya sabes a lo que me refiero) y pues varias parejas ya se habían ido. Los demás se hallaban en el suelo, ebrios o en el baño… no, no se estaban limpiando o algo así… o quién sabe…

Alejandra pensó por un momento mi proposición. Miró a su alrededor y dijo:

—Tengo gas pimienta en mi bolso y no dudaré en usarlo, señor pantalones calientes. —Sonrió—. Supongo que el lugar que sugiera será mejor que éste.

—Por supuesto…

Bajamos por el ascensor y salimos al garaje. Subimos a mi Ford y nos aventuramos en las calles vacías de Parise, pasando por la avenida Francia (*hey*, eso es bastante gracioso ahora que lo pienso), volteando en los jirones Bartolo y Jiménez, y, por último, girando a la avenida Lúcar hasta llegar a mi departamento.

Es un hermoso departamento, como podrías ver si saliéramos del armario. Es casi todo abierto, como los típicos departamentos lujosos de la actualidad. A la izquierda está mi sala de entretenimiento, con un gran televisor de sesenta pulgadas, que tiene todo lo necesario para pasar una larga tarde viendo películas o series. A la derecha está mi cocina, con un pequeño desayunador. Al costado de la cocina tengo un pequeño comedor y en la parte extrema a la derecha, el único lugar separado de todo, está mi habitación, con una gran cama para un gran hombre y el baño al frente.

—*Wow*, precioso lugar tiene aquí señor Jensen —dijo Alejandra después de soltar un silbido de asombro—. Debo pedirle a mi jefe un aumento para poder competir con su nivel.

—¿Este lugar? Deberías ver el departamento de Miranda Joice, ella es la jefa del departamento de finanzas y tiene un lugar casi el doble que este.

—Oh, en serio… quizás me debí haber ido con ella esta noche…—dijo Alejandra en un tono coqueto.

Si supiera que conocía el departamento de Miranda porque dormí con ella una noche. Tiré un deseo al aire y pedí que Alejandra nunca se enterase, aunque algo me decía que quizás ya lo sabía.

—¿Quieres tomar algo? —pregunté dirigiéndome a la cocina.

—¿Me quieres ofrecer más alcohol? —dijo Alejandra con una mirada sospechosa.

—Ehhh… no…—dije mientras escondía la botella de vino.

—Tranquilo, tranquilo. Sólo estoy bromeando. Te aceptaría una buena copa de vino.

—Creo que sí tengo algo por aquí.

La velada se puso… bueno, caliente. Alejandra se transformó en otra persona una vez allí. Casi ni terminó su vino y estuvo encima de mí.

Bueno, no quisiera ser un aguafiestas, pero lo que pasó esa noche quisiera mantenerlo en secreto. Sólo te diré que tuve a Alejandra en posiciones que nunca te puedes imaginar y lo hicimos como conejos hasta casi el amanecer. Perdóname amigo pero dejaré lo que pasó con Alejandra a tu imaginación… *cof* *cof*… pervertido.

Charlamos nuevamente después de nuestra jornada de "ejercicios". Alejandra no dejaba de sorprenderme con su inteligencia y las cosas interesantes que comentaba. Sentía que quizás estaba teniendo demasiada suerte con ella. Debo decir que dormí como un bebé esa noche, con el brazo de Alejandra sobre mi pecho, su pierna sobre mi… ehhh… olvida esa parte… y sus labios cerca a los míos. Amaba sentir esa roja melena sobre mí.

Ese fue quizás el mejor día de toda mi vida. Sería genial repetirlo, ¿verdad?

Pues así ocurrió varias veces, no recuerdo exactamente cuántas, creo que cerca de noventa o cien. Lo que sí recuerdo es lo siguiente.

Estaba en la mañana de una de esas infinitas repeticiones, obviamente yo no estaba aún consciente que era una repetición, para mí era el viernes 24 de julio como si fuera la primera vez. Estaba cambiándome para luego servirme algo de desayunar antes de ir al trabajo, cuando de repente la rutina se alteró. El noticiero cambió sin previo aviso a la película "El día de la marmota" de Bill Murray. Amo esa película, por lo que me quedé mirándola un rato. Estaba en la escena donde Bill se entera que estaba repitiendo el día.

En esos momentos no le tomé mucha importancia, pero debí hacerlo. Esa fue una de las señales que más adelante te iré explicando. Cada vez que aparecía una de este tipo de señales, el mundo se volvía más… "agresivo" por así decirlo.

¿A qué me refiero? Bueno, el día transcurrió todo muy bien y exactamente igual. Lo interesante pasó esa noche, en la fiesta por la promoción de Víctor. Alejandra fue la que tomó la iniciativa de hablar conmigo desde el comienzo.

Estuvo más suelta, más sensual. Dejó de ponerse en el plan difícil y fue bastante abierta en su forma de expresarse. Debo decir que a pesar de que en ese momento pensaba que todo eso pasaba por primera vez, algo muy dentro de mí me hizo pensar que Alejandra estaba actuando de manera extraña.

Ella sugirió ir a mi departamento. Recuerdo que en mi mente pensaba que todo estaba saliendo de manera fácil, quizás muy fácil. En mi departamento ni siquiera tuvimos tiempo de conversar o yo de abrir la boca. Alejandra se me abalanzó como fiera que no ha comido en una semana. Prácticamente no hice nada de nada, todo el trabajo lo hizo ella. Incluso Alejandra se mostró más abierta a nuevas posibilidades.

Todo esto era una droga para mí. Estaba viviendo un sueño perfecto. Esa noche no podía creer cuán afortunado era en vivir aquel día y tener a una mujer tan increíble conmigo. Pero algo muy dentro de mí estaba incómodo con esto, pero decidí ignorarlo (tontamente si me lo preguntan).

En otro día de las repeticiones ocurrió algo aún más extraño. Además de interrumpirse el noticiero por "El día de la marmota", pude ver que en mi ventana se posó una pequeña paloma.

No hubiera resultado nada raro de haber sido la única paloma que se posara en el mismo y exacto lugar, por más de media hora.

Me explico. Todo empezó con una paloma; llegó, se posó en el alfeizar de la ventana, pululó un momento y se fue. De acuerdo, nada raro ahí. Lo raro empezó después. Una segunda paloma hizo exactamente lo que hizo la primera, y digo E—X—A—C—T—A—M—E—N—T—E. Sí, segundo por segundo, la acción era una exacta copia de la primera. Y así fue llegando otra paloma y otra y otra y otra…

No sé por qué estaba en modo estúpido en ese momento, pero sólo pensé: *Qué extraño…* Volví a seguir la rutina del trabajo (no la volveré a contar porque ya creo que captas la idea, así que saltaré a la fiesta).

Alejandra estaba allí por supuesto, pero esta vez no perdió el tiempo y se me abalanzó encima. No se despegó de mis labios ni por un segundo. Ella estaba tan caliente que ni siquiera pude sugerir lo de ir a mi departamento, ella sin más preámbulo me agarró, entramos a una de las habitaciones de Víctor (todos estaban ebrios así que nadie no lo notó) e hicimos el amor como locos. No me malinterpreten, eso fue casi celestial… ya saben, tener a la chica de mis sueños en la realidad… haciendo todo lo que habría soñado en mis más salvajes fantasías… abrazándola y besándola todo lo que podía… pero fue ahí donde por fin recobré la razón y supe que algo no andaba bien (aunque no sabía qué hasta ese momento).

Y bueno, al día siguiente, *full* repetición como las anteriores veces. Despertar, baño, cambiarme, desayuno. ¿Se tornó aún más bizarro este día? Sí, quizás demasiado bizarro. En la televisión, estaban dando el noticiero de Joel Marcus (sí, el tipo que no sabe ni qué día estamos, menos va a saber el maldito clima).

—¿Disfrutando el cereal?

Al comienzo no lo capté, sentí que quizás era una pequeña coincidencia (quiero decir, todo el mundo come cereal en el desayuno ¿no? Podría ser una observación general a su público), pero lo que dijo después me convenció que se dirigía a mí.

—Vaya, ¿podrías ser más tonto? A ti me dirijo… sí tú, el pobre diablo con traje. Leonardo Jensen… estúpido nombre si me lo preguntas.

Tiré el plato de cereal… el maldito de Joel Marcus estaba hablándome… a través del televisor.

—Sí, sí, estoy hablándote a través de tu televisor. (Se los dije).

—Escúchame bien, antes de que te desmayes de la impresión... lo que estás viviendo, no es real amigo.

—¿Qué?

—Oh diablos... esto tomará tiempo... ¿No has sentido que estás viviendo el mismo día todo el tiempo? Y no lo digo como rutina, sino el mismo día, completamente igual, segundo tras segundo...

—Ehhh no, no he sentido eso para nada. —Aunque mi respuesta se debía a que no recordaba nada de los eventos pasados, como ya te comenté hace unas líneas atrás.

—¿No viste mis pistas? ¿La película de "El día de la marmota" o las palomas repetitivas? Quise ser un poco sutil para que lo tomes con calma, pero olvidé lo tonto que puedes ser...

—¿Quién eres tú?

—Eso vendrá luego. Lo que tienes que hacer ahora es salir de esta realidad, sino estarás atrapado aquí por siempre amigo mío.

—Pero... no entiendo... no entiendo nada de lo que dices... repetir el mismo día... ¡eso es una locura! ¡Y estoy hablando con alguien en un programa de televisión! ¿Qué diablos ocurrió ayer? ¿Me golpeé la cabeza tan fuerte que me volví loco?

—Quizás... no lo sé, lo único que sé es que tienes que salir de aquí. Si me lo preguntas, lo que yo intentaría es...

La luz se fue de repente. Un gran apagón, pero no como un típico apagón de la ciudad, sino como si se hubiera apagado hasta el sol.

—¿Qué… demonios?

***

Me desperté una vez más. Era un viernes 24 de julio, otra vez… pero esta vez sí lo sabía.

Me senté en mi cama y recosté mi cabeza en mis manos.

—¿Me estoy volviendo loco?

Esta vez en el televisor no pasaron "El día de la marmota" ni las palomas se posaron en el alféizar de la ventana y Joel Marcus volvió a sus noticias de siempre.

—¿Qué rayos está pasando?

Decidí en ese momento quebrar la rutina.

Lo que se me ocurrió fue no ir a la fiesta de Víctor esa noche. Después de la jornada de trabajo, me dirigí a mi bar favorito, el Wine station.

Después de saludar a Carlos, el barman del lugar, pedí un vaso de *whisky*. Empecé a tomar mi trago a sorbos espaciados mientras pensaba qué hacer después.

No hubo mucho tiempo de paz y ya sabrán por qué.

Al voltearme, no pude creer a mis ojos. Al final de la barra estaba Alejandra, pero esta vez no estaba con ropa tan formal, sino con algo más casual; una chaqueta y falda de *jean*, con una blusa y medias de nylon negras acompañadas de botas marrones.

—Oh diablos…

No debí haber hecho lo que hice, pero como un tonto me acerqué a ella. Sentía como una atracción incontrolable.

—¿Alejandra?

—Ehh… ¿te conozco de algún lado?

Por supuesto que no me conocía. En este día los papeles habían cambiado. No podía todavía creer que estaba viviendo una especie de realidad alternativa donde vivía el mismo día todo el tiempo y donde conocía a la chica de mis sueños de distintas formas.

—No… lo siento… perdóneme señorita.

—Vaya… no pensé que esto seguiría así.

—No le entiendo.

—Pensé que estabas usando la típica línea de coqueteo de tratar de empezar la conversación con algo como: «Te me haces muy familiar» o «Te he visto en algún lado». No pensé que en serio te habías equivocado de persona.

Después de esa respuesta, sabía dónde acabaría todo. De alguna forma u otra, acabaría en la cama con Alejandra. Traté de salir del bar, ignorándola, pero ya en la calle ella se me acercó y me dijo que no sabía cómo pero apenas al haberme visto sintió una atracción fuerte conmigo.

Y así fue. No es que no haya tratado en todas las repeticiones de evitarla, claro que lo hice. Un día ni siquiera fui al trabajo y en lugar de eso fui a tomar un café, y me encontré con Alejandra, la barista del café.

Otro día decidí agarrar mi bicicleta y dedicarme a pasear todo el día por el parque, y me encontré con Alejandra, la maestra de yoga.

Y así siguió por un largo número de repeticiones. He visto a Alejandra la mecánica, Alejandra la enfermera, Alejandra la chica de Tinder, Alejandra la chica asaltada por maleantes en un callejón, Alejandra la *stripper*, Alejandra la actriz, Alejandra la chica que olvidó las llaves de su departamento, Alejandra la chica que reemplazó a Rosa un día para la limpieza de mi departamento, y un muy largo etcétera.

Debo admitir que después de las primeras cincuenta repeticiones intenté cosas aún más drásticas. Sí… el suicidio; pero, como te imaginarás, tampoco funcionó. Dispararme en los sesos, saltar del edificio más alto, dejarme atropellar, tomar litros de lejía, lo intenté todo. Cuando el efecto era muy fuerte, despertaba al inicio del día nuevamente. Si no moría por completo, me encontraba en el hospital con, (sí, adivinaste), la doctora o enfermera Alejandra.

Las señales de que estaba viviendo una repetición se estaban haciendo cada vez más fuertes también. He visto desde nubes tomar formas de palabras hasta las letras del cereal juntarse y formar palabras también. Una vez incluso vi palabras escribirse con vapor en el espejo de mi baño. Todas decían lo mismo: "DESPIERTA".

Creo que ya me vas entendiendo cuál es el problema, ¿verdad?

De acuerdo, de acuerdo, te daré un momento para que lo pienses.

...

...

...

Lo tienes, ¿verdad?

Sí, así es. Alejandra siempre era el factor común en toda esta locura. Es por eso que ahora, habiendo repasado todo lo que ha pasado, he pensado en una solución.

Esa chica se tiene que ir. Y con "ir" me refiero a desaparecer, morir, hacerse polvo.

Tiene sentido, es demasiada coincidencia. En todas las veces que he despertado la he visto a ella. No importa lo que haga, ella está ahí, y siempre termino enredado entre sus brazos. Si ella ya no está, problema resuelto, ¿no? ¿No lo crees? Por favor dime que sí, porque creo que perderé la razón si no siento que estoy al menos acercándome al camino correcto de salir de esta locura...

El plan es este:

- Este día ya se desperdició, no dejaré entrar a nadie. Simplemente me dormiré y esperaré despertarme en el siguiente viernes 24.

- Haré todo como si fuera el primer día. Iré al trabajo, haré mi trabajo (sí, claro), regresaré a casa, me ducharé y me cambiaré, preparándome para la fiesta de Víctor.

- Aquí es donde haré un ligero cambio. Antes de ir donde Víctor, pasaré por la tienda de armas. Lo sé, lo sé, a mí tampoco me agrada lo que eso significa, pero... vamos, si tú repitieras un día más de ochenta veces, esto te parecería algo bastante razonable, como a mí.

Sí, mataré a Alejandra. Ella tiene que irse y no sé de qué otra forma pueda hacerlo. Al menos lo haré de una forma rápida para que no sufra. Ella debe ser una especie de bruja o manipuladora del tiempo, (lo he visto en la televisión) y debe estar castigándome por algo que le hice. Trataré primero de convencerla que detenga todo esto, le sacaré algunas respuestas y dependiendo de cómo actúe, usaré o me ahorraré una bala.

¿Suena a un buen plan? ¿No? Bueno, lástima porque es el único que tengo ahora. Así que aquí voy. Si todo sale bien, esta es la última vez que hablaré contigo. Adiós y buenas noches. Deséame suerte.

***

Viernes 24 de julio. Leonardo se levantó temprano esa mañana. Prendió su terma, se duchó, se cambió, comió su desayuno de cereales y salió veloz al trabajo.

El tráfico estuvo bastante despejado para un viernes normal. Llegó en más o menos veinte minutos a su trabajo.

Las cosas fueron bastante tranquilas. Víctor consiguió ascender como nuevo jefe de tesorería, los chicos empezaron a lanzar miradas y comentarios pervertidos sobre las nuevas practicantes del área y las chicas cuchichearon la mayor parte del día sobre cuán guapo se veía el nuevo empleado del área de operaciones.

Leonardo estaba muy emocionado por esa noche. Sabía que algo especial iba a pasar, quizás conocería a alguien muy interesante, quizás a la mujer de sus sueños.

El día pasó en un abrir y cerrar de ojos. Llegó las ocho de la noche y todos empezaron a bajar en el ascensor hacia el garaje para subir a sus respectivos autos. Algunos irían directamente al departamento de Víctor y otros se irían a cambiar primero.

Pero Leonardo se distanció de ambas opciones. De una manera extraña, casi mágica, su auto condujo solo y se alejó un poco del centro de la ciudad, hasta encontrarse en un lugar que a primera vista no debería ni siquiera haberse mencionado en esta historia.

"Montgomery, tienda de armas".

Leonardo no conocía mucho de armas a pesar de vivir en un lugar donde estaba permitido portarlas. Jamás sintió la necesidad de tener una, hasta ese momento.

Hizo las gestiones necesarias para comprar una pequeña pistola automática 9mm negra. Pagó una hora para practicar en la sala de tiro y a las 10:30 p.m. su auto volvió a adentrarse en la noche, de vuelta a su departamento.

A las 11:15 p.m. todos ya estaban en la casa de Víctor, embriagándose hasta morir, conversando de cosas superficiales y probando los manjares servidos sobre la mesa.

Leonardo entró en escena, muy entusiasmado. Miró a ambos lados hasta que la vio. Alejandra Kramer, una chica que todos podrían coincidir en decir que era una diosa pelirroja, con un cuerpo excepcional de arriba a abajo, unos labios rojos como su cabello y unos bellos ojos verdes. Pero Alejandra no era sólo muy hermosa, también era muy lista y bastante carismática. De trabajar en ventas, podría venderte lo que sea; o de abogada, podría ganar cualquier caso. Era un arma letal en cualquier puesto en el que estuviera.

Leonardo sonrió al verla y se acercó. Sus ojos estaban inundados de confianza, lo cual era extraño, dado que Alejandra intimidaba a cualquier hombre que se le cruzara.

Hey... hey Leonardo espera, espera eso no estaba en el guion...

Oh diablos... bueno, creo que seguiré la corriente.

Leonardo besó a Alejandra frente a todos, pero… bueno, no es un beso normal… la está besando apasionadamente y… ¡oh, por Dios, Leonardo! ¡Espera al menos que llegues a tu departamento para eso!

En fin, Leonardo agarró a Alejandra y la levantó frente a todos los aplausos de los presentes. La llevó cargada hasta el elevador.

En el ascensor Leonardo y Alejandra siguieron con sus toqueteos y besos cada vez más y más atrevidos… ummm, que prefiero no contarlos por aquí porque sé que mi familia va a leer esto algún día, así que saltemos hasta la parte en que llegan al departamento de Leonardo. Sí, sí, en el auto también lo hicieron, lectores pervertidos.

Una vez en el departamento, Leonardo cargó a Alejandra hasta la cama y empezó a besarle todo el cuerpo (perdón, perdón, quisiera ser más gráfico pero ya saben, mi familia y amigos leerán esto). En ese jugueteo de besos y caricias, Leonardo desnudó a Alejandra de forma agresiva, rompiendo su vestido rojo con los dientes (otra vez, dejo a su imaginación cómo se veía Alejandra sin ropa).

—Grrrr… —Alejandra gruñó de forma muy sensual mientras hacía un pequeño baile sobre la cama—. Ven aquí amor… —dijo de forma seductora, mientras movía su dedo índice, indicándole que se acercase.

Leonardo empezó a hacer un pequeño baile sensual (bastante ridículo, debo añadir), se quitó la camisa y se la tiró a Alejandra. Alejandra la agarró y se la pasó por la entrepierna de forma muy *sexy* (perdón, perdón, perdón, me iré al infierno por esto).

En ese pequeño lapso de tiempo en el que Alejandra se distrajo con la camisa de Leonardo, él aprovechó y sacó la pistola que tenía guardada en su espalda y la apuntó a la cara de Alejandra.

Al darse cuenta, el rostro de Alejandra pasó de excitación a miedo.

—¿Qué… qué estás haciendo Leo? —dijo con voz temblorosa.

—¿Ya no te diviertes? Pensé que podía hacer lo que se me dé la gana y aun así lo disfrutarías, quiero decir, este es mi sueño… ¿o no?

—¿Sueño? ¿De qué estás hablando? —Alejandra no quitaba los ojos de la pistola, con las manos levantadas por el susto.

—Oh, cariño, no te hagas la santa. ¿Recuerdas cuando te conocí como Alejandra la abogada cuando me metieron a la cárcel por robar una computadora? ¿O cuando conocí a Alejandra la mucama cuando no quise salir de mi habitación? ¿O qué tal Alejandra la chica *sexy* del bar? Podría seguir, cariño, seguir por un largo tiempo.

—¿De qué estás hablando?... ¡Te acabo de conocer!

—En otro momento te creería, pero, ¿sabes una cosa?, en la repetición ochenta y nueve, la antepenúltima repetición, cuando me suicidé por última vez, al caer al duro concreto, me di cuenta que vi algo, más allá de toda esta fantasía. Así que ahora sé que esto es sólo un maldito circo que tú, como factor común, has armado de alguna forma.

—Me estás asustando mucho... por favor baja el arma y llamemos a un psiquiatra, no estás para nada bien de la cabeza...

Todo el cuerpo desnudo de Alejandra estaba temblando. Por el miedo ni siquiera había podido agarrar una frazada para cubrirse.

—Tú también estarías completamente loca si vivieras el mismo maldito día por casi cien veces. Me has dejado sin opciones, así que intentaré la última cosa...

—¿Qué... qué piensas hacer? —dijo Alejandra con la voz temblorosa y quebrada. Lágrimas empezaron a salir de sus ojos.

—Sácame de aquí. Ahora.

Hubo un pequeño silencio, roto únicamente por el crepitar de la chimenea a espaldas de Leonardo. Pasaron lo que parecieron horas hasta que Alejandra rompió el silencio.

—No… no sé a qué te refieres… ¿sacarte de dónde? ¿Del departamento?

Leonardo se molestó más.

—Sí sabes que no estoy bromeando con lo de matarte, ¿verdad?

—¡No! ¡No! ¡Por favor no! ¿Qué quieres que haga? ¡NO TE ENTIENDO! —Alejandra estaba destrozada, hecha un manojo de nervios. Sus manos cubrían su cara como un reflejo de protección por si una bala salía de la pistola.

—¡SÁCAME DE ESTA REALIDAD AHORA!

Por una milésima de segundo Leonardo pensó que a lo mejor todo lo vivido era una locura y tal vez él se había vuelto loco. Quizás su locura era tan extrema que podría hasta matar a una chica inocente.

Presionó el gatillo y disparó. Pero la bala dio en la pierna de Alejandra. Leonardo falló a propósito para ver la reacción de ella. Si todo era mentira, al menos no iría a la cárcel por asesinato.

Alejandra se agarró su pierna ensangrentada y empezó a gritar de dolor. Leonardo se preguntó: *Oh Dios… ¿qué he hecho?*, pero algo lo mantuvo firme en su sitio.

—MALDITA SEA ¡ME DISPARASTE MALDITO HIJO DE PERRA! —gritó Alejandra con mucha furia mientras apretaba la herida y soltaba pequeños gritos de dolor.

—¡Te dije que me digas cómo salgo de aquí! ¡Hazlo o la próxima irá directo a tu cabeza!

Leonardo hizo sonar el gatillo. A pesar de estar firme en su sitio, sus manos temblaban mucho.

Alejandra hizo un gruñido de dolor y volvió a hablar:

—¡Oh maldición! De acuerdo, de acuerdo.

Después de un momento, todo se puso en blanco. Alejandra y Leonardo estaban en una especie de limbo blanco, ambos desnudos, mirándose el uno al otro. Leonardo aún tenía la pistola en sus manos.

—¿Qué… qué es esto?

—No quería que llegue a esto, de verdad que no —empezó Alejandra. Ahora se veía muy calmada y su pierna estaba milagrosamente sin ninguna herida, como si nada hubiera pasado.

—Déjame preguntarte algo Leo, ¿por qué te quieres ir de aquí?

La pregunta era quizás la más adecuada en ese momento.

—Me tienes a mí, una mujer pelirroja, *sexy*, inteligente, la mujer de tus sueños. Tienes una vida genial, sin enfermedades ni preocupaciones. Puedes tenerme a tu lado por el resto de tu vida, podríamos compartir momentos especiales juntos, casarnos y tener todo el sexo salvaje que quieras, y sé que lo quieres.

En ese momento Alejandra se puso cien veces más atractiva de lo que ya era. Leonardo se sentía extasiado por ella, tanto que empezó a caminar hacia ella sin darse cuenta.

Ella era tan perfecta, era como un pedazo de cielo. Ella era el paraíso.

Pero algo hizo detener a Leonardo. Algo que hizo también que preguntara:

—¿Por qué me tienes aquí?

Alejandra dejó de sonreír y suspiró.

—¿Importa eso? ¡Eres feliz aquí conmigo! ¿Qué interesa lo demás?

—Pero esto es falso —refutó Leonardo. Empezó a ganar más fuerzas—. Todo esto es falso, si no lo fuera, no sentiría esa sensación de que todo lo que vivo no es la realidad.

—¡Puede ser la realidad si lo dejas! —dijo Alejandra, ahora ella acercándose a Leonardo.

Empezó a acariciar su barbilla y... otra cosa más abajo. Le dio un fuerte y largo beso que Leonardo quiso que nunca acabe.

—¿Seguro que quieres separarte de mí? ¿Seguro que quieres que este sueño termine? Enfrentarte a la realidad podría ser... chocante. Hago todo esto para protegerte.

Leonardo se detuvo en lo que pareció un tiempo infinito. ¿Valdría la pena despertar? Alejandra era todo lo que soñó y nunca logró obtener. Una vida con ella sería ciertamente el paraíso. No importaría si los días se repetían para siempre. Ella valía la pena.

Pero por otro lado, ¿siempre tendría la sensación de que todo no era real? ¿Siempre se quedaría con la curiosidad de saber que había algo afuera y que él nunca podría entender o acceder a esa verdad? ¿Realmente aceptaría estar en esa jaula de placer?

Leonardo trató de sopesar ambas opciones. ¿Quedarse en el sueño paradisíaco para siempre o despertar y descubrir la verdad?

Final #1
Paraíso eterno

—Quiero quedarme contigo para siempre…

Una luz iluminó todo el lugar y al segundo todo se volvió oscuro…

Leonardo despertó un sábado 25 de julio. Alejandra dormía sobre su brazo.

Ella se veía tan majestuosa, hermosa, tentadora, como un ángel caído del cielo. Leonardo no pudo evitar besar su seno y luego su boca dulce como la miel. Prendió el televisor y vio que se pronosticaba un día soleado, perfecto para salir a pasear y hacer un picnic en el parque.

—Creo que eso le gustará a Alejandra.

Leonardo le dio un beso en la mejilla a su amada y se dirigió a la cocina a preparar el desayuno.

Mientras la cafetera hacía el café, él empezó a preparar los huevos con tocino. El olor del café y el sonido de los huevos fritos despertaron a Alejandra.

—¡Qué bien huele amor! —dijo mientras se acercaba a la barra y empezaba a comer uvas que descansaban en el frutero.

Leonardo volteó a verla y sintió un golpe fuerte en el corazón de la emoción. Ver a Alejandra con su camisa, comiendo uvas a la luz de la ventana podría derretir a cualquiera. Su sonrisa lo cegó por completo. Ella era LA mujer, la persona con la que pasaría el resto de su vida, la mujer a la que amaría siempre y nunca la dejaría ir de sus brazos, jamás.

—Ya está listo amor, espero te guste.

Leonardo sacó unos platos y sirvió el desayuno. Sacó un poco de jugo de naranja del refrigerador y lo sirvió en dos vasos. El café lo sirvió Alejandra en dos tazas.

—Amor, eres el mejor —dijo Alejandra mientras acercaba sus labios a los de Leonardo.

—No, amor, tú eres perfecta.

Ambos sellaron ese momento con un beso. Los labios de Alejandra eran muy dulces y Leonardo no podía evitar derretirse por dentro cada vez que los besaba.

Ella es perfecta... pensó.

Por una milésima de segundo, casi imperceptible, Leonardo pensó que quizás aquello era demasiado perfecto, quizás él no lo merecía... quizás era todo un sueño. Pero los labios de Alejandra hicieron que se olvide completamente de todo.

—¡Es un lindo día, amor! ¿Por qué no vamos a la playa? —dijo Alejandra mientras dejaba caer la camisa que traía puesta y saltaba desnuda en la cama.

Leonardo, al verla así, no puedo evitar pensar: *Estoy en el paraíso.*

***

—Bueno, parece que lo que vimos hace un momento ya pasó.

—Sí, su cerebro se prendió como un árbol de Navidad.

—Es mejor así, no quisiera ser él cuando se despierte. Con todo lo que le pasó en el accidente, no creo que ni siquiera pueda mover un dedo… y el dolor… ¡Dios! No creo que la anestesia pueda calmarlo del todo.

—Esto es si despierta…

—¿Crees que esté soñando?

—Pues claro. Una vez leí que el cerebro en situaciones críticas como esta, para evitar que sufras, te da los mejores sueños. Por las lecturas de su cerebro y los gráficos, al parecer su caso es eso o algo parecido.

—¿Tú qué soñarías?

—Bueno, me encanta comer, así que quizás soñaría que estoy en un festín de comida ilimitada. ¿Y tú?

—Bueno, ¿conoces a esa nueva enfermera que hace rondas en los cuartos del tercer piso?

—Sí, creo que sí, ¿una pelirroja?

—Sí, sí, bueno no me molestaría soñar con ella… unos sueños… ya sabes.

—Eres un maldito pervertido, jajaja.

—Pero un maldito pervertido con buenos gustos jajaja.

—¿Crees que alguien venga por él?

—No lo sé, pero como estamos ahora, espero que algún familiar venga a verlo en el siguiente mes, sino tendremos que desconectarlo de las máquinas que lo mantienen vivo.

—Es una pena…

—Lo sé pero hay otras personas que necesitan estar en este hospital y el espacio, tecnología y el esfuerzo dedicado no puede malgastarse todo el tiempo en una persona que no tiene ni familia ni amigos. Igual nadie lo extrañará.

—Oye voy por unos *snacks*, ¿quieres algo?

—Sí, unas galletas por favor.

Final # 2
La verdad lo hará… ¿libre?

—Sí. Por más que quisiera quedarme contigo, Alejandra, viviré en un falso paraíso contigo. Nunca seré realmente feliz. Quiero despertar.

Alejandra soltó a Leonardo.

—De acuerdo. Espero no te arrepientas de tu decisión.

Alejandra empezó a desvanecerse. Una oscuridad invadió todo el lugar de repente…

Luego, todo eso dejó paso al dolor. Mucho, mucho dolor.

—¡AHHHHHHHHHHHHHH!

Leonardo dio un grito desgarrador que nadie oyó. Cuánta sería su sorpresa de encontrarse en la cama de un hospital, con muchos aparatos y tubos alrededor suyo.

Pero lo peor de todo es que no podía moverse.

El dolor era insoportable, desde la punta de los dedos de los pies hasta el último pelo de su cabeza. Sus ojos empezaron a menearse descontroladamente en círculos. No entendía qué pasaba.

En toda esa confusión, empezaron a lloverle imágenes de forma muy rápida en su cabeza, tanto que empezaron a marearlo.

"Luces" "Auto" "Accidente" "Ebrio" "Sangre" "Coma"

Su nariz empezó a sangrar.

Dos enfermeros se aproximaron y le aplicaron más morfina. El doctor se acercó también y les dio indicaciones mientras ponía una pequeña linterna en sus ojos y medía su pulso. La máquina de su costado hacía mucho ruido y podía ver cómo todo el cuarto se había vuelto un caos por todo lo que estaba pasando. Al parecer no esperaban que ocurriese algo así tan rápido.

La morfina calmó un poco el dolor pero no lo desapareció por completo. ¿Cómo podría Leonardo decirles que todavía le dolía el cuerpo entero si no podía hablar ni moverse? Todos pensaban que ya se sentía mejor porque sus signos vitales se mostraban estables, pero no tenían ni idea de lo que estaba sufriendo su paciente en esos momentos.

Después de unas horas, Leonardo escuchó una conversación entre los enfermeros en la que especulaban que estaría ahí por lo menos un mes más si es que nadie lo recogía.

Claro que nadie me va a venir a recoger... pensó Leonardo. Empezó a botar unas cuantas lágrimas al darse cuenta de que estaría en ese martirio de dolor e impotencia por un largo mes.

La voz de Alejandra sonó en su cabeza. «Enfrentarte a la realidad podría ser... chocante». Leonardo maldijo mil veces su decisión.

Su historia terminaría ahí, en dolor y miseria, distrayéndose mirando las moscas pasar sobre su cara. Tendría que esperar un mes, un largo y doloroso mes hasta poder por fin encontrar descanso de su horrible realidad en la muerte.

13
Las tres pruebas

En el abismo

Se sentía el frío al caer en el abismo profundo. No logré soportar el infierno de allá arriba. Elena murió, y mi mundo con ella. Todo se tornó blanco y negro, con una lluvia helada constante. Sentía las gotas frías caer en mi rostro, mezclándose con mis lágrimas. Seguía diciéndome que era lo mejor, que todo lo pasado era por mi culpa. Mi vida tomó un giro que no esperaba. Odiaba a todo y a todos, pero por sobre todas las cosas a mí mismo.

Caminé sin rumbo desde el hospital, cuando el doctor movió su cabeza en negación, mirando sus zapatos. No tenía el coraje de mirarme a los ojos. Empezó su armado palabreo con el inservible «hicimos todo lo posible…». Desde ese momento sentí que mi corazón dejó de latir. Las demás palabras que decía fueron confusas, no entendí ninguna. Vi a través del vidrio que las enfermeras cubrían a mi hermosa Elena con un velo.

Podría haber llorado a mares, podría haber gritado, podría haber golpeado al doctor con la rabia e impotencia que tenía, podría haber golpeado la pared tantas veces hasta romperme los nudillos… podría haber hecho cualquier cosa, pero en ese momento decidí salir, salir de todo ese mundo, escapar.

Empecé a caminar, con la ropa del día anterior, con las lágrimas secas en los ojos, ojeras de no dormir y la mirada sin alma. Todo lo que yo era se quedó en aquel hospital.

El abismo se hacía infinito y no veía el fondo aún. Mi mente seguía torturándome con los recuerdos. Elena, el auto, el choque, su muerte. Todos mis pensamientos daban vueltas en torno a eso.

No podía vivir sin ella. En todo el tiempo que estuve con Elena, mi vida fue la mejor, y no quería que eso terminara. La seguiría a donde ella fuera, incluso a la muerte.

A lo lejos vi que el fondo se iba materializando. Cerré los ojos.

—Elena… perdóname.

La caída fue muy dura. El dolor duró un segundo…

Prueba 1

Sólo el más fuerte sobrevive

Al abrir mis ojos, me encontré recostado en una calle, con la misma lluvia de antes bañándome completamente. Frente a mí, se encontraba un hospital. Recuerdos empezaron a brotar.

Sabía en qué lugar me encontraba y maldecía el momento en que entré allí. Su último respiro fue en ese lugar. ¿Estaba soñando o algo parecido? ¿Mi mente ya no tenía suficiente con torturarme en vida, que ahora me torturaba en sueños? ¿O quizás mi mente todavía se aferraba a su recuerdo? Decidí entrar al hospital. Si tenía suerte, vería a Elena una vez más.

Empecé a caminar hacia los portones del sanatorio. Sentía las gotas frías empapando toda mi ropa. El frío era demasiado, bocanadas de aire caliente salían de mi boca al respirar con dificultad.

Fue entonces cuando algo pasó, tan rápido que no tuve tiempo de actuar. Una sombra salió de la nada y me golpeó con fuerza en la cara, tumbándome. Caí al suelo. Al abrir mis ojos, vi mi sangre saliendo de mi nariz y mezclándose con el agua de la calle. Levanté la mirada y no podía creer lo que estaba observando. Una gran sombra, sin rostro, sólo con lo que parecía ser una sonrisa, estaba, al parecer, devolviéndome la mirada.

—¡Levántate idiota! ¡Aún no he terminado contigo! —dijo con una voz muy grave y un tono malicioso, como si se estuviera burlando.

—¡Fuera de aquí maldita pesadilla! —respondí y cerré los ojos, tratando de hacerme despertar de ese terrible sueño.

La sombra empezó a reírse de una forma muy fuerte y fría al mismo tiempo, que hizo que se me helara el cuerpo aún más.

—Si piensas que esto es una pesadilla, puedes darte por muerto ya —dijo sin dejar de reír—. Esto es tan real como la muerte de Elena. Por cierto —continuó—, ella te está esperando adentro. Pero me temo que no puedo dejarte entrar a verla.

Lo único visible en él era su sonrisa diabólica, que se alargaba cada vez más con cada palabra.

Cuando mencionó a Elena, sentí una rabia interna que comenzó a crecer desmesuradamente hacia esa cosa. Era como si conociera a la perfección quién era la sombra que estaba frente a mí, y el gran odio que me despertaba. Si Elena estaba adentro, no importaba si debía enfrentarme a los mil demonios del infierno. Tenía que entrar a como diera lugar.

Me levanté.

—Acabemos con esto —dije mientras cerraba con furia mis puños.

A la sombra parecía divertirle todo aquello.

Corrí de forma frenética y traté de asestarle un trastazo. Lo esquivó y me empezó a pegar en las costillas. Cada puñetazo tenía el impacto de un martillo incandescente. No me rendí y le golpeé el estómago con toda mi fuerza. La sombra escupió sangre negra al suelo. Fue una batalla muy dura, en la cual yo llevaba las de perder. A pesar de que lograba algunas veces conectar un ganchazo, la sombra regresaba y me daba diez golpes más. El frío empeoraba las cosas. Mis pulmones me ardían.

El último bofetón me agarró desprevenido y me tiró contra el suelo una vez más. Esta vez la sombra no me dio tiempo de levantarme, me agarró del cuello, me levantó y me estampó contra la pared.

—¡Di buenas noches! —El dolor era insoportable y el aire se iba yendo poco a poco. Empecé a ver borroso y a tener una especie de visiones. Me veía a mí mismo tirado en una calle con muchas personas alrededor, y un gran charco de sangre. Deseaba morir de una vez para evitar ese sufrimiento. Pero Elena apareció en mi mente como una luz. Conseguí fuerzas y regresé a la realidad. Pateé lo más fuerte que pude al estómago de la sombra, con lo cual la hice trastabillar y soltarme. Aproveché esa oportunidad y empecé a correr al hospital. Podía escuchar su carcajada macabra desde atrás.

Empecé a subir las escaleras. A pesar de que le llevaba mucha ventaja, podía aún escuchar la risa de la sombra cerca de mis oídos. Miré por encima de mi hombro y sólo vi una oscuridad profunda detrás de mí. Las escaleras parecían no acabarse nunca, pero no podía detenerme.

Finalmente llegué al pasillo donde se encontraba el cuarto de Elena. *Al final del pasillo*, me dije a mí mismo para recordármelo, pero al mirar el pasillo, sentí que las esperanzas se iban desvaneciendo. El pasillo era infinito, con millones de puertas, sin alcanzar a ver el final.

Respirando con dificultad, empecé a avanzar. De repente, desde una de las puertas, salió la sombra, armada con una pistola. Riéndose a carcajadas me apuntó a la cabeza. Me agaché justo a tiempo. Empecé a correr frenéticamente y decidí entrar a esconderme en uno de los cuartos. Grande fue la sorpresa que me llevé cuando me di cuenta que al entrar al cuarto regresé nuevamente al pasillo. Todo era una completa locura, una pesadilla. De una de las puertas, la sombra salió lista para atacar, pero esta vez fueron millones de sombras las que la acompañaron, emergiendo de las infinitas puertas. Mi muerte estaba asegurada.

Fue entonces cuando Elena apareció en mi mente por un rápido segundo. Me dio coraje para avanzar. Decidí cerrar los ojos y empezar a correr. Las balas empezaron a llover por todas partes. Podía oírlas pasar. Una de ellas me alcanzó en la pierna y otra en el brazo, pero seguí avanzando. Al abrir los ojos ya estaba al final del pasillo. Entré cojeando, mientras sentía a las balas silbando al pasar cerca de mis oídos.

Todo el ambiente se calmó de repente. Elena estaba allí, recostada, con respiradores, dormida en absoluta paz. Lo que oí en ese momento me paralizó. Salía un sonido agudo del monitor, indicando que su corazón se había detenido. Fue entonces que me di cuenta que la sombra estaba a su costado, acariciando su cabeza. Se volteó a mirarme, y puso sus dedos en su boca, haciendo una señal de silencio.

—Shhhhh. Está dormida. Y tú pronto lo estarás también. —Levantó su mano con un arma y apuntó hacia mí. Yo ya no oía. Elena estaba muerta y aquel demonio se reía con descaro frente a su cadáver. No me importaba nada ahora, sólo quería destruirlo. Mi furia se desató por completo. Salté sobre la sombra justo cuando disparó. La bala me chocó en el hombro pero no me importó. La cogí del cuello y le quité el arma. Empecé a golpearla con fuerza, una y otra vez. Quería callar esa risa maldita y destruirla por completo. Podía sentir su sangre en mis puños. Cogí el arma y le apunté en la cabeza.

—TÚ... MALDITO... ¡TODO ESTO ES TU CULPA!

De repente, una pequeña luz empezó a iluminar el pequeño cuarto. La lluvia había cesado y se venía el amanecer. La luz cayó sobre la sombra, mostrando por fin un rostro.

Fue como si un espejo me devolviese la mirada. Un yo ensangrentado y con la cara desfigurada por los golpes me devolvía la mirada, aun riéndose.

—¿No me digas que esperabas a alguien más? —dijo entre risas.

Colocó sus manos sobre el arma y la presionó con fuerza en su cabeza. Dejó de reír.

—Hazlo. Mátame. ¿Eso es lo que quieres verdad? Después de su muerte es en lo único en que has estado pensando. —Dejo de reírse y me miró con ira en sus ojos—. ¡HAZLO! ¡MÁTAME! SÉ QUE ESO QUIERES. ¡TERMINA CON ESTE TORMENTO DE UNA VEZ! ¡¡¡DISPARA!!!

Estaba dispuesto a hacerlo. Merecía morir, abandonar el dolor que me abrumaba completamente. Pero no lo hice. Noté algo en su pecho que me llamó la atención. Un relicario. Se lo quité y lo abrí. Era el relicario que me obsequió Elena la noche en que nos confesamos amor.

Recordé sus palabras:

—Aunque nos separemos, estaré contigo siempre. Te amo. Prométeme que con este relicario nunca olvidarás lo importante que eres para mí y cuán fuerte es el lazo que nos une…

No podía hacerlo. Mi mano soltó el arma.

—No… No… No puedo hacerlo… —Me alejé y me senté a un lado, con las manos sobre mi cabeza. Mi otro yo empezó a desvanecerse—. Si crees que esto fue difícil, espera a las otras dos pruebas —dijo, antes de desaparecer con una luz incandescente.

Prueba 2
Consecuencias

¿Dos pruebas? ¿A qué se refería con eso?, pensé.

Al abrir mis ojos, noté que ya no estaba en el hospital. Me encontraba en una pequeña iglesia. Pensé que estaba solo hasta que de repente escuché lamentos. Algunas personas se hallaban en ese lugar, ocultas en la oscuridad. Estaban alrededor de un ataúd, con muchos arreglos florales, dedicatorias y despedidas. Cuando mis ojos se acostumbraron a la oscuridad, empecé a notar algunos rostros conocidos entre la multitud. Pero no estaba listo para lo que vi después. Mamá y papá estaban allí.

Me acerqué a ellos.

—¿Mamá? ¿Papá? ¿Qué está pasando?

Mamá no parecía escuchar. Se encontraba sentada en silencio, mirando fijamente el ataúd que tenía al frente, mientras lágrimas caían de su rostro. Papá trataba de consolarla con palabras que no podía oír muy bien. Lamentos resonaban alrededor.

Me acerqué al ataúd y un escalofrío muy fuerte sacudió mi cuerpo. Unos ojos cafés muy familiares me devolvían la mirada. Allí, entre el mar de lamentos y llantos, se encontraba recostado, con una mirada muy triste, el cuerpo que alguna vez me perteneció, pero que en ese momento ya no lo era. Yo estaba muerto. Finalmente logré lo que quería, terminar con las penas y escapar de todo, pero Elena no se encontraba conmigo.

Estaba solo, viendo cómo todos sufrían por mi muerte, mamá estaba como muerta en vida, y mi padre trataba de ser fuerte, para él mismo y para mi madre. ¿Por qué no pude ver esto antes?

De repente todo se desvaneció y fui transportado a otro lugar. Me encontraba en casa de mis padres, donde mamá y papá discutían con molestia. Traté de separarlos y decirles que no estaba muerto, que estaba allí con ellos, pero fue en vano. Me hallaba condenado a ser sólo un espectador fantasma. En su desesperación, ambos buscaban un culpable, y por desgracia, lo estaban buscando entre ellos, cuando el culpable se encontraba mirándolos en ese momento.

Una vez más el lugar cambió. Ahora me encontraba en un hospital, algo que realmente ya no me sorprendía. Pero esta vez, Elena ya no era la que estaba recostada en la camilla, sino mi madre. Mi padre estaba allí, agarrándole la mano, y mirando al cielo; al parecer estaba rezando, pero al acercarme, me di cuenta que estaba sollozando y hablando para sí:

—¡Todo es mi culpa! Debí estar más unido a ti, pero sólo busqué ciegamente un culpable. Perdóname amor, debí haber estado para ti y para mi hijo. Perdóname...perdóname...por favor... —dijo con voz amarga y llena de tristeza. Si mi padre supiera que él no tuvo nada de culpa. Luego papá empezó a suplicarle—: Por favor... no te la lleves... te lo pido... Todo es mi culpa...

No soportaba más esto. Quería decirle que él no era el culpable, que mi debilidad y egoísmo fueron los únicos responsables. Quería despedirme de ellos y pedirles perdón por todo, por ser débil y dejarlos abandonados, por no pensar en ellos, en cuánto me querían...

Ellos no hubieran deseado eso. En ese momento pensé en Elena. Cogí el relicario y vi su foto junto a la mía. Leí la dedicatoria: "Te amo. Nunca olvides lo importante que eres para mí".

—Quiero… quiero regresar… —miré hacia arriba—. ¡Por favor! ¡Déjame regresar y arreglar todo esto! ¡POR FAVOR! —grité con desesperación. En ese momento todo el cuarto se oscureció por completo. Cerré mis ojos.

Prueba 3
Pedirle al tiempo que vuelva

—¿Vas a moverte, cariño? —dijo una voz casi celestial.

Al oírla, abrí los ojos al instante. Me encontraba en mi auto, en una tarde lluviosa que ya acababa y a mi lado, Elena, sonriéndome como siempre lo hacía.

—¡¡¡ELENA!!! —La abracé con pasión y la besé por un largo rato.

—¡Vaya! Debo preguntar eso más seguido —dijo Elena riéndose.

¿Era posible? ¿Podría ser cierto que estaba frente a la oportunidad de regresar y enmendar las cosas? Miré hacia la carretera adelante. Si seguíamos avanzando con esa lluvia, mi historia terminaría en lo mismo. Decidí regresar.

—Pensé que querías llegar lo antes posible a casa —dijo Elena.

—No amor, tenías toda la razón —contesté—. Es muy peligroso en esta lluvia. Mejor regresamos al hotel y esperamos a que amaine la tormenta. —Sabía lo que el destino nos deparaba si tercamente manejaba en esa tormenta.

—¿Por qué estás tan alterado? —preguntó Elena preocupada—. ¿Te sientes bien, amor?

Tenía que calmarme, no quería perturbarla por algo que tal vez fue nada más que un mal sueño.

—Estoy cansado, eso es todo. Sólo quiero llegar al hotel y pasar una hermosa velada contigo.

Elena cambió de expresión y sonrió.

—¡Qué gusto! Tal vez esta tormenta no será tan mala después de todo. Nos dará un día más de vacaciones para pasar juntos.

Sonreí al pensar en ello.

—Sí amor, juntos.

Regresamos al hotel y cenamos en un pequeño restaurante del pueblo. Charlamos y nos reímos como nunca. Quería disfrutar con ella lo máximo posible. Por fin me encontraba a su lado. En el hotel, dormimos abrazados y profundamente. No la solté ni un segundo. Fue la noche más apacible.

Al despertar, quise llevar a Elena a desayunar, pero ella no se sentía muy bien y no tenía mucho apetito. Decidimos dirigirnos a casa, ahora que la tormenta había acabado. Estábamos a mitad de camino cuando Elena empezó a quejarse que le dolía mucho la cabeza. Le toqué la frente y estaba ardiendo. Paré el carro y busqué en el botiquín el termómetro para medirle su temperatura. Estaba muy afiebrada. Le di unas pastillas para bajarle la fiebre, pero aún se sentía muy mal. Decidí esperar y colocarle pequeños paños fríos en su frente. Traté de comunicarme con algún despachador de ambulancias para llevarla a un hospital cercano antes de que su fiebre empeorase. No teníamos señal. Y la carretera se alargaba hasta el horizonte, sin un auto a la vista. Empecé a desesperarme y a marcar una y otra vez el 911 sin obtener una respuesta.

—Vamos… ¡No me hagas esto ahora!

—Amor…

Corrí raudo al llamado de Elena. Se le veía muy mal a pesar de haber estado perfecta el día anterior. La tomé de su mano. Me dio una pequeña sonrisa y cayó desmayada. La abracé y empecé a llorar de impotencia.

—No otra vez… por favor no…—Cerré mis ojos mientras besaba su cabeza.

***

—¿Vas a moverte cariño? —dijo una voz casi celestial.

Desperté nuevamente en el auto. Elena estaba allí, dándome una sonrisa.

—¿Qué demonios…?

—¿Estás bien cariño? Te ves alterado…

Era la misma tarde lluviosa del día anterior. Elena se veía muy bien, como si nada hubiera pasado. ¿Regresé a la misma situación? ¿Por qué? ¿Quizás fue todo un mal sueño otra vez?

Viré el carro y regresé al pueblo.

—Pensé que querías llegar lo antes posible a casa, amor —dijo Elena.

Yo estaba pensando cómo le explicaría lo que haríamos a renglón seguido.

—Elena, si te pidiera que confíes en mí las siguientes horas, ¿lo harías? —le pregunté mientras seguía avanzando.

Elena me miró preocupada.

—¿Por qué lo dices? ¿Pasa algo malo?

—Digamos…—contesté—, que no te he visto muy bien de salud y quisiera que un doctor te revise.

—¡Pero me siento de lo mejor! —dijo Elena asombrada.

—Por eso te pido que confíes en mí ahora —dije ya estacionando el carro frente al pequeño hospital.

—De acuerdo, si tú lo dices —dijo Elena con voz de resignación, mientras entrabamos al hospital.

Hablé con el doctor y le pedí que le hagan las pruebas más importantes que se pudieran hacer y de forma rápida. Elena fue demasiado buena al aceptar pasar por todas ellas. Después de unas horas de espera en las que la noche ya envolvía el cielo, el doctor nos dijo que Elena no sufría de nada. Respiré tranquilo.

—¿Convencido? ¿Podemos regresar al hotel ahora, amor? Me siento muy cansada debido a que me sacaron todo tipo de fluidos de mi cuerpo —dijo Elena.

—Lo siento amor. Vámonos.

Caminamos hacia el auto y regresamos al hotel. Me sentía como un tonto, pero aún preocupado. ¿Era verdad todo lo que vi? La palabra "pruebas" me daba vueltas en la cabeza. Se me ocurrió que tal vez tenía que superar eso, como lo hice con las otras dos pesadillas. Salvar a Elena era el objetivo y así podría reivindicarme y evitar todo el infierno posterior. Pero ella estaba bien de salud, después de todos los exámenes en el hospital, no se encontraba en el estado de salud en el que estuvo antes. Sacudí mi cabeza para alejar esas tontas ideas. Tal vez en realidad todo fue un sueño.

Decidimos caminar por el parque para disfrutar la noche. Ella me abrazaba el brazo, brindándome su calor, algo incomparable y que sentía que extrañaba desde hacía mucho tiempo. Fue tal mi alegría que no me di cuenta del personaje que teníamos atrás. Fue demasiado tarde cuando Elena se paró en seco y se puso muy fría.

—El dinero. Ahora.

Su pistola estaba en contacto con la espalda de Elena. Ella no se movía. Entendí en ese momento que todavía la pesadilla continuaba.

—Cálmate. Moveré mi mano para sacar mi billetera y te podrás ir tranquilamente.

—¡Las joyas de la mujer también! —dijo el ladrón en un tono desesperado, mientras miraba a todos lados. Le hice una seña a Elena para que supiera que todo estaba bien y que hiciera lo que el hombre pedía. Elena obedeció y le empezó a entregar sus cosas. Yo por dentro rogaba que tomara todo y se fuera.

El ladrón se quedó mirando a Elena.

—Pues vaya que eres bonita. Creo que te llevaré también como mercancía.

Tuve que intervenir. Tomé su pistola de forma rápida, pero no conté con la fuerza del ladrón. Empezamos a forcejear y de inmediato me di cuenta que yo tenía las de perder.

—¡Corre Elena! ¡Vete de aquí! —le grité, pero ella no se movió.

Por último sucedió lo inevitable y el ladrón tomó control de la situación.

—¡Maldito seas! —exclamó mientras levantó su arma para disparar.

Entonces lo que ocurrió en ese momento me hizo desear que me hubiera matado. Pero no lo hizo. Al disparar, Elena se cruzó y recibió el disparo. Cayó en mis brazos, bañada de sangre, mientras el ladrón corrió y se ocultó en la noche. Elena me miraba y pude ver, por medio de sus ojos, cómo el alma abandonaba su cuerpo. Desde ese momento mi mente empezó a dar vueltas muy rápido. Entré en *shock*.

Volví muchas veces más al auto con Elena. Por más que tratara de salvarla, ella seguía muriendo, incluso hasta de las formas más ridículas. En la última repetición, simplemente la abracé, muy fuerte, mientras sentía cómo moría sin razón aparente.

—¡YA BASTA POR FAVOR! ¡¡¡YA BAS-TAAAAAAAA!!! —grité mientras cerraba mis ojos, con una fuerte sensación de impotencia y una intensa tristeza. Sentía que Elena se desvanecía.

Al abrir mis ojos, me encontré en un cuarto de hospital, junto a Elena, quién estaba recostada en una camilla. Tomé su mano y la sostuve fuerte. Tal vez sería mi último momento con ella.

—Cariño, ¿puedes oírme?

No obtuve respuesta.

—Elena… perdóname. Debí oírte cuando dijiste que era inseguro ir en la lluvia. Pero no hice caso. Me perseguirá el remordimiento toda mi vida. —El monitor seguía sonando, cada vez más débil—. Quiero estar contigo… dónde quiera que estés. Tú eres mi mundo y mi fortaleza… No creo que pueda soportar… tanto dolor…

Elena no respondía.

—Por favor, amor, dame una señal… no me abandones… por favor…

El monitor dio su sonido final e inevitable. Me derrumbé en la camilla, llorando con amargura. De repente la mano de Elena apretó la mía con fuerza. Sentí algo que se materializaba en mi palma, un objeto conocido. Elena abrió los ojos un momento.

—Quiero pedirte una cosa... amor.

A pesar de todo, aún mantenía su hermosura y el brillo en sus ojos que tanto me encantaban. La quedé mirando, esperando lo que me tenía que decir.

—Continúa con tu vida…

En ese momento todo empezó a brillar intensamente. La luz era tan fuerte que tuve que cerrar mis ojos, sin soltar la mano de Elena…

Frente al abismo

Cuando desperté, me encontré con el abismo nuevamente, pero ya no dentro, sino frente a él, con la lluvia fría todavía cayendo con fuerza. Algo llamó mi atención. Sentí algo en mi mano. Era el relicario de Elena. Era lo que me dio en el hospital durante el último sueño. Lo enterré con ella, por temor de que me torturase más de lo que ya hacía mi mente, pero en ese momento allí estaba. Había un pequeño papel dentro. Lo leí en silencio: "Perdónate".

Di un paso hacia atrás y el abismo se cerró delante de mí. Con lo vivido me di cuenta que con mis actos dejé de lado a mi familia y amigos, no pensé en su sufrimiento ni en las consecuencias de mis actos, y por encima de todo, no pensé en Elena, lo que ella hubiera querido. Encerrado en mi egoísmo, frustración e impotencia, escogí escapar y acabar con todo. Elena me hizo entender, con las tres pruebas que tuve que superar, que no tenía que ser así.

—Gracias…

Empecé a seguir mi camino, sin tristeza ahora porque sabía que tenía un ángel que me cuidaba desde allá arriba. Elena, aun no estando conmigo, me había salvado la vida.

Por fin, después de días, la lluvia tan helada y fuerte, que empezó desde la muerte de Elena, de pronto cesó. El sol salió triunfante de entre todas las nubes oscuras. Todo empezó a cobrar color en mi vida una vez más.

Final Alternativo #1

La eterna lluvia

(Este final se da cuando nuestro personaje falla la primera prueba. En el momento que la sombra pide que lo asesine, el personaje lo hace sin dudarlo. El odio hacia sí mismo lo lleva a querer autodestruirse, y además, cegado por su ilusión de ver a Elena al otro lado, comete este acto).

—¡DISPARA! ¡AHORA! —gritó mi demonio interior.

Debía pagar por todas mis acciones. Yo debía morir. Elena estaba muerta por mi culpa. Si sólo la hubiera escuchado. Si sólo hubiera regresado y no hubiera seguido el camino en aquella endemoniada tormenta. La lluvia. Desde que murió Elena, no podía dejar de escuchar ese chapoteo, las gotas chocando contra el suelo, los relámpagos tronando en el cielo. Tenía que acabar con este sufrimiento. Merecía un castigo por haberle arrebatado la vida a Elena.

Respiré profundo, miré a la camilla: Elena reposaba con una absoluta paz.

—Lo siento amor. Lo siento tanto. No puedo soportar un mundo sin ti. No merezco vivir si tú no estás conmigo. Espérame… por favor.

Levanté el arma y disparé. En ese momento todo se volvió completamente oscuro.

Cuando pude abrir mis ojos, sentí un enorme peso sobre mí. Me sentía extremadamente cansado y con el cuerpo adolorido. Me encontraba en un cuarto de hospital, distinto al de Elena. Este cuarto era frío y muy solitario, iluminado sólo por una lámpara colgada del techo. Yo me hallaba bajo esa lámpara, sentado en una silla, con mis manos y pies atados a ella. Podía escuchar la tormenta afuera y el sonido fuerte de una ambulancia. Todo ello me hizo recordar a la muerte de Elena.

Miré al suelo y vi un charco de sangre. Sentía mi rostro mojado. Al principio pensé que se debía a la lluvia, pero al sentir que mi rostro me dolía mucho y empezaron a caer gotas de sangre, me di cuenta que me estaba desangrando. Empecé a entrar en pánico. ¿Dónde estaba Elena? ¿Qué era este horrible lugar? ¿Y por qué estaba tan mal herido? ¿Quién me amarró? ¿Y por qué hay pedazos de vidrio por todo el suelo?

—¡ELENA! —empecé a gritar desesperadamente—. ¡ELENA!

Una risa familiar respondió a mi llamado.

—Gastas en vano el poco aliento que te queda.

Mi otro yo salió de las sombras. Tenía una sonrisa macabra, de oreja a oreja.

—¡Tú! Pero… ¡tú no deberías estar aquí!

—JAJAJAJAJAJAJAJAJAJAJAJAJAJAJAJAJA.

—La sombra rio tan fuerte que podría jurar que se pudo haber escuchado en todo el hospital.

—¿De veras creíste que suicidándote verías a tu amada Elena? ¿Que con eso disparos te librarías de mí? ¡Vamos! Ambos sabemos que eso no es verdad.

Se me acercó a paso lento, hasta tener su rostro a la misma altura que el mío.

—Ambos sabemos…— continuó— … que esto es lo que querías en verdad.

Miré hacia abajo y pude observar algo desconcertante. En uno de los vidrios, podía ver mi reflejo, pero de otra vida. Me veía a mí mismo, acostado en un ataúd, con el rostro desfigurado.

Después de un momento, empecé a mirar al vacío, pensando. Después de todo, tenía razón, yo había escogido esto, me lo merecía. Bajé la cabeza en señal de impotencia.

—Y ahora amigo mío... —dijo mi otro yo caminando alrededor mío, sin poder contener la gracia y alegría en su voz por verme en tal lamentable estado—, ...tú y yo vamos a pasarla muy bien...

Lo último que recuerdo fue un golpe seco, tan fuerte que me llevó a la completa oscuridad... en la que aún me encuentro...

***

"Y ahora, en las noticias del día, un lamentable suceso ocurrió cerca del centro de la ciudad de Nessely. Un adolescente se suicidó, tirándose desde la azotea de un edificio de veinte pisos. Según informes médicos y forenses, el joven murió antes de caer. Algunos testigos afirman que tal acto quizás se debió al fallecimiento de su esposa en un accidente automovilístico. En otras noticias, un sujeto que vendía droga en un callejón de la ciudad vecina de Purtory, fue arrestado por las autoridades ayer a las 3 de la tarde".

Final Alternativo #2

El eterno espectador

(Este final se da cuando nuestro personaje falla la segunda prueba. A pesar de ver cuánto daño había ocasionado en su entorno, nuestro personaje decide ignorarlo y mantener fija la idea de morir para acabar con su dolor).

Ver a mi padre así, destrozado frente al cadáver de mi madre, me mató por dentro; pero, aun así, una parte de mí no se arrepintió de morir. Por más daño que haya causado a los demás con mi muerte, no se comparaba con el inmenso dolor que sentía, y con las ganas inmensas de reunirme con Elena, así sea en la muerte. Decidí abandonar la habitación, no podía ver más a mi padre y a mi madre así.

Afuera se tornó otra vez oscuro. Después de segundos, me encontré en otra escena. Estaba en un parque que reconocí muy bien. Era uno de los lugares donde me reunía con Elena a conversar, abrazarnos y tomarnos de la mano. Pero por ningún lugar pude ver a Elena.

—¿Elena? —pregunté al vacío, pero no podía ver a nadie. Una sombra cruzó cerca de mí y se sentó en una de las bancas.

Me acerqué un poco. Pude ver que se trataba de un señor de mediana edad. Los sonidos que emitía daban a conocer que estaba llorando.

—Sé que me escuchan, los dos —fue lo primero que dijo. Su voz era muy conocida, pero al mismo tiempo muy lejana—. Quiero… disculparme mucho con ustedes…

Empecé a sentir que no estaba solo, pero miré a todos lados y no veía a nadie más en el parque en ese momento.

—No sé cómo… no entiendo… cómo pude soportar tanto tiempo. La muerte de mi hijo me devastó… no podía respirar… no podía llorar… no podía reír… no sentía nada. Pero todavía quedaba algo, un deber que debía cumplir. Mi esposa… quien lo tuvo en su vientre, lo vio nacer… no puedo ni pensar… cómo se habría sentido ella si yo estaba así.

Un pequeño reflejo de luz mostró que aquel señor estaba llorando.

—…pero tuve que ser fuerte. No podía mostrar debilidad frente a esa situación, por el bien de mi esposa… tenía que mantenerme firme. ¡Qué débil fui! No pude soportar la presión, la mezcla de sentimientos, enterarme… ¡que mi hijo se había quitado su vida! ¿¡Qué padre quiere escuchar eso!? Peleé con mi amor, la única que estaba pasando lo mismo que yo… no pude… no cumplí con mi deber… y ahora la tristeza la ha matado… yo… siento que no puedo continuar…

No me percaté que mientras hablaba el personaje iba sacando algo de su bolsillo. Levantó el arma y respiró fuerte.

—Perdónenme… lo siento mucho…

—¡NOOOOO!

El disparo fue seco y el sonido hizo eco en la calle, para luego perderse en el silencio.

La cabeza del señor se inclinó hacia atrás… para revelar su identidad, que ya muy dentro de mi corazón sabía…

Caí de rodillas. Frente a mí, se encontraba el cadáver de mi padre.

¿Cómo había llegado hasta esto? Ahora, viendo todo, empecé a recordar a mi madre, recostada, triste, como con una pesadilla en la mente. Ambos se habían ido.

No pasó nadie por esa calle por todo el rato que me encontré allí. Se podía escuchar el silbido del viento, y como poco a poco el ambiente se iba haciendo cada vez más frío.

No podía moverme, no sería lo justo. Quería acompañar a mi padre, no importaba el tiempo.

—Desearía que estuvieras aquí también, madre — susurré.

Ya no podía llorar, aunque quisiera. Había llegado al punto de no poder reaccionar frente a lo que estaba frente a mí. Me quedaría allí, arrodillado, mirando al suelo, acompañado del silencio.

No recuerdo cuánto tiempo llevaba allí, quizás horas, días… no podía saberlo. En un momento, sentí una mano que me agarraba el hombro, una mano suave y de tacto cálido.

Volteé al instante.

—¿Madre? —pregunté al silencio. Sólo recibí un aire frío como respuesta. Quizás mi imaginación estaba jugando conmigo. Me recosté en las faldas de mi padre,

buscando sin éxito, un poco de calor. Y allí me quedé…
en silencio.

***

"Y ahora, en las noticias del día, un lamentable suceso ocurrió cerca del centro de la ciudad de Nessely. Un adolescente se suicidó, tirándose desde la azotea de un edificio de veinte pisos. Según informes médicos y forenses, el joven murió antes de caer. Algunos testigos afirman que tal acto quizás se debió al fallecimiento de su esposa en un accidente automovilístico. En otras noticias, un sujeto que vendía droga en un callejón de la ciudad vecina de Purtory, fue arrestado por las autoridades ayer a las 3 de la tarde".

Final Alternativo #3
Paraíso imaginario

(Este final se da cuando nuestro personaje falla la tercera prueba. Cegado completamente por ver a su amada Elena viva otra vez, nuestro personaje decide vivir el último día con su amada una y otra vez).

—Me agrada mucho esta habitación. Es muy cálida y acogedora. El pueblo es muy hermoso también.

Elena miraba al techo, con sus manos entrelazadas con las mías. No contesté, estaba recostado, con su cabello en mi rostro, oliendo su perfume, admirándola, todas sus facetas, su sonrisa, sus expresiones, su mirada, sus mejillas sonrosadas, sus labios… todo en el poco tiempo que quedaba.

—¿Cariño? ¿Me estás escuchando? Has estado muy callado todo el día. Y me miras como si fuera la última vez que me vas a ver… ¡me siento acosada! —dijo Elena en tono burlón, riéndose un poco.

Elena… mi amor, mi amada, mi vida, frente a mí.

Abracé a Elena con gran pasión, besando su cuello y mejillas. La besé como nunca lo hice antes y al separarme de sus labios empecé a llorar en su hombro.

—Mi amor, ¿qué pasa? —dijo Elena con preocupación en su voz.

—Amor… por favor no te vayas… no puedo… no puedo vivir sin estar a tu lado…—Mis lágrimas eran muy amargas.

—Pero ¿a qué te refieres? Estoy contigo, y lo estaré siempre. ¿Por qué lo dudas?

No la dejaría ir. Ya habían pasado muchas situaciones en las que la vi partir. Nunca podía mantenerla cerca… simplemente… no podía.

—¿Elena…?

Elena besó mi frente.

—¿Qué sucede? Por favor, dime qué te preocupa.

Su calor, sus besos, sus abrazos, su melodiosa voz, su sonrisa, todo se iría en unos momentos.

—Nunca te abandonaré Elena… nunca —dije cerrando mis ojos y apretándome contra su pecho.

—Ni yo tampoco mi amor… —dijo Elena recostándose en mis hombros, dando su último suspiro—, …ni yo tampoco.

***

"Y ahora, en las noticias del día, un lamentable suceso ocurrió cerca del centro de la ciudad de Nessely. Un adolescente se suicidó, tirándose desde la azotea de un edificio de veinte pisos. Según informes médicos y forenses, el joven murió antes de caer. Algunos testigos afirman que tal acto quizás se debió al fallecimiento de su esposa en un accidente automovilístico. En otras noticias, un sujeto que vendía droga en un callejón de la ciudad vecina de Purtory, fue arrestado por las autoridades ayer a las 3 de la tarde".